小学館文庫

まやかしうらない処

災い転じて福となせ

山本巧次

小学館

まやかしうらない処

災い転じて福となせ

一

まだまだ暑いなあ、と思って障子を開けると、風より先に昼下がりの強い日差しが、突き刺さるように入ってきた。うっすら汗ばんだ額を拭うと、千鶴《ちづる》は団扇《うちわ》を使いながら低い塀の向こうを眺め渡した。どこまでも続く甍《いらか》の波と、その先の石垣の上にこんもり繁《しげ》る御城の緑が、光を浴びてきらきら光っている。それでも目を上に向ければ、青空にうろこ雲が湧いているのが見えた。空には下界より一足早く、秋が訪れようとしている。

千鶴がここ本郷菊坂台町《ほんごうきくざかだいまち》に瑠璃堂《るりどう》を建てたのは、この眺めを気に入ったのが一番の理由だった。隣の屋根や塀を気にせず江戸の町を一望できる贅沢《ぜいたく》は、少々の気疲れをも癒してくれる。夏は障子を開け放てば通っていく風に暑気が払われ、秋は色づく銀杏《いちょう》や紅葉《もみじ》、春は甍の間に見え隠れする桜の花が、目を楽しませてくれた。冬は少々寒くなるが、一面の雪景色となった日などは、他所《よそ》にはない風情が味わえる。本当に千金の値打ちありだわ、と千鶴は常々思っていた。

「少しは風が出てきたかな」

軒の風鈴がちりんと鳴ったのを聞いてか、若い男が部屋に入って千鶴の隣に座った。

その容貌は、震えるばかりの美形。流し目だけでどんな女も落としてしまうほどだが、見慣れている千鶴は気にすることもなく、軽く欠伸《あくび》をする。

「ああ梅治《うめはる》。次のお客はまだだっけ」

「昨日のうちに今日の昼から伺うと使いがあったからな。もうすぐじゃないか」

梅治は、半分ほど開いた東側の丸窓から外を見て、言った。そこから、塀越しに菊坂を通る人が見える。瑠璃堂を訪れる客は大概、東の本郷通りの側からこの菊坂を下ってくる。

「だいたい知った相手だから、今日は楽だけどねえ」

顔を扇《あお》ぎながら千鶴がそんなことを言うと、梅治が顎で外を示した。

「噂《うわさ》をすればだ。おいでなさったぞ」

丸窓の先に、恰幅《かっぷく》のいい商家の旦那風の姿が見えた。ああ、と千鶴は頷《うなず》き、背筋を伸ばす。

「お迎えに出てくる」

梅治は立って、表に回った。元は役者をしていた梅治は、故あって千鶴のもとに身を寄せ、今は瑠璃堂の執事をしている。客人を迎えるのは、専ら梅治の仕事だった。

千鶴はてきぱきと身づくろいをした。衣裳《いしょう》は白衣《びゃくえ》と緋袴《ひばかま》で、その上に千早《ちはや》に似た薄物を羽織る。一見、巫女《みこ》のようだがそうではない。千鶴の生業《なりわい》は、占いである。

と言っても占術の修行を極めたわけではなく、格好だけのキワモノに近いのだが、その代わりに千鶴は生まれついての勘のようなものを持っていた。人が発する気、或《ある》いは胸の内に持つ悪意や邪心などを、心に感じ取ることができるのだ。その力に加え、類い稀《まれ》な容姿に恵まれてもいた。おかげでよく当たる美女占い師として評判を取り、決して安くない見料《けんりょう》を取っても、客が途切れることはない。

さあどうぞと梅治の声が聞こえ、控えの間に客が入る気配がした。千鶴は壁一つ隔てた部屋に入り、覗《のぞ》き穴に目を当てた。この穴は控えの間の壁に描いた絵の中に隠れており、遠眼鏡の硝子《ガラス》がはめ込んであるので、待っている客の様子がよくわかる。千鶴は勘だけでなく、ここで観察した様子から、客の素性や相談事の見当をつけるのである。いざ対面してからそれを言い当ててやると、客は皆恐れ入って、それ以後千鶴のご託宣に疑いを挟まなくなる。

今日の客は、以前から知っている相手で、事前に来ることがわかっていた。おかげで下調べする暇があり、控えの間での観察は、相手の気分の具合を確かめる程度で良かった。千鶴はさして時をかけずに覗き穴から目を離し、梅治に手で合図すると、隣の座敷に入った。

占いの間は、それらしい感じを出すために襖《ふすま》を閉めて両脇に御簾《みす》を下げ、少し薄暗くしてある。千鶴はその奥側に座り、客を迎えた。

「おいでなさいませ、駿河屋《するがや》様」

千鶴は品のある声音で穏やかに話しかける。相手は畳に敷かれた毛氈《もうせん》に正座して頭を下げた。

「ご無沙汰しております。本日はよろしくお願いいたします」

駿河屋平右衛門《へいえもん》は齢《よわい》四十八。奇《く》しくも名前と同じ、浅草下平右衛門町《あさくさしもへいえもんちょう》に店を構える両替商である。よく町名主と間違われるが、町名と名が重なったのは偶然だ。瑠璃堂とは、ここ数年で何度か商いの付き合いがあった。占うのも、確か三度目だ。

「はい。またのお運び、嬉《うれ》しく存じます」

千鶴が丁寧に言って少し頭を下げると、平右衛門はちょっと落ち着かなげに目を瞬《しばたた》いた。それというのも、千鶴の衣裳の胸元が大きく開いており、屈《かが》むと谷間が見えそうになるからだ。白衣には袖もなく、剝《む》き出しの二の腕が薄物を通してはっきり見える。なかなかに際どい格好で、男の客は誰もが目を奪われる。実はそれが狙いであった。

「少しばかり、秋めいてまいりましたね」

千鶴は微笑《ほほえ》みながら、時候の挨拶をした。

「誠でございますな。この頃は朝晩に吹く風も、涼しくなりました」

「お家を移られるには、良い季候にございましょう」

平右衛門は、えっという顔になった。

「は……はい、左様で」

「お店《たな》を変わられるに際しての、吉凶のご相談とお見受けいたしますが」

「恐れ入りました。その通りでございます」

平右衛門は早速、感心した顔になった。これは難しい話ではなく、平右衛門が来ると聞いて、下調べで仕入れたネタだった。

「新しいお店は、今のお店から未申《ひつじさる》（南西）の方角でございますね」

「はい、その通りで」

平右衛門は、ますます感心したようだ。しかしこれも、事前に調べてあった。

駿河屋は二月前に店を買っていた。場所は、日本橋本町《にほんばしほんちょう》。日本橋通りのすぐ脇だ。今の店から未申の方角に当たり、立地は今より一段良くなる。移転の話はまだ表に出していないのだが、そんなことはその気で探ればすぐにわかる。

「お店を移られる日取りの吉凶でしょうか。それとも、お店を移ることそのものの吉凶を、お望みでございましょうか」

千鶴が問うと、平右衛門は居住まいを正すようにして、改めて頭を下げた。

「まずは店を移ることの吉凶、それが吉と出ましたら、家移りに吉となる日取りを、お願い申し上げます」

「承りました」

千鶴は一礼し、傍らの台を引き寄せた。台には占い道具として、小さな火鉢と紫の布を敷いた三宝に水晶玉が載っている。もっとも、水晶玉はただの飾りだ。

千鶴は五尺（一五〇センチ）ほどもある水晶数珠を出して両手に掛け、二、三度振った。水晶がぶつかり合うしゃらしゃらという音が、厳かに聞こえる。それから客に見えぬよう台の下に手をやり、薄片や粉状にした鉱物だの金属だのを入れた小鉢から、ごく小さな銅の薄片を幾つか、右手でつまむ。左手で数珠を振りながら、その右手を火鉢の上ですうっと滑らせた。そのとき、火に銅片を振りかける。

結構複雑で気の抜けない動作だが、客は千鶴の妖艶な姿に幻惑されているので、手元の動きなどには注意を払っていない。

火鉢に、青緑の炎が上がった。平右衛門の眉が上がる。千鶴は炎を拝むと、平右衛門に微笑みを向けた。

「お店を移られることは、吉と出ました」

「おお、左様でございますか。ありがとうございます」

平右衛門は、大変嬉しそうに言った。千鶴は内心でニヤリとする。最初から、「吉」と出してやるのは決めていた。平右衛門は吉凶を占ってほしいと言ったが、店を買うのに相当な金額を出しているはずで、凶と出たら一大事だ。店を買う前に聞きに来ればいいのにそうしなかったのは、平右衛門自身が占いなどに拘《かか》わらず、その店がほしかったからだろう。つまり平右衛門は、今日の占いで、大きな決断が間違っていなかったという裏付けを求めているのだ。ならば、期待通りの答えを出してやるのが商売というものだった。

「では、家移りの日を見させていただきます」

千鶴は再び水晶数珠を左手に持ち、右手で水晶玉を撫《な》でながら、適当に呪文のようなものを唱えた。台の下に隠した暦を薄目で見る。翌月の大安と一粒万倍の日を確かめ、一連の動作を終えてから、もっともらしくその日付を口にした。平右衛門は、恐れ入った様子で恭しくご託宣を聞いた。

「わかりました。ではその日に店を移ることとしまして、支度にかかります」

平右衛門は平伏して厚く礼を述べ、見料として袱紗《ふくさ》に包んだ紙包みを出し、置いて帰った。表情からすると、大いに満足したようだ。美味《おい》しい仕事だったわ、と千鶴は舌を出した。

次の客を待っているとき、裏の縁側で「戻ったぜ」と声がして、三十四、五の渋めのちょいといい男が座敷に上がってきた。千鶴が顔を向け、白衣の胸元を閉じて笑みを浮かべる。

「ああ権次郎《ごんじろう》さん、お疲れ」

「今さっき、本郷通りで駿河屋の旦那とすれ違ったぜ。占いはうまくいったみてえだな」

「ええ。権次郎さんに探ってもらった通り、日本橋本町の店に移っていいかどうか尋ねてきたわ。お望みどおりに答えてやったら、ほらこの通り」

千鶴は紙包みを開いて見せた。小判が三枚、きちんと重ねられている。

「三両か。いい稼ぎじゃねえか」

権次郎は満足そうに小判を突っついた。権次郎は元は岡っ引きで、不始末をやって十手召し上げになってから、千鶴の亡くなった父親との縁で、瑠璃堂に居ついている。梅治と一緒に執事のようなこともするが、専ら占いに必要な調べ事を手掛けており、そちらの腕はなかなかのものだった。

「まあね。あれだけの身代だもの。店の引越しが済んだら、また商いのことで占いの注文があるんじゃないかな」

期待するように言って、千鶴は胡坐《あぐら》をかいた。しとやかな巫女風の様子はすっかり消えて、素のままになっている。

「そうだな。しかし両替屋というと、どうにも例の贋金《にせがね》のことが気にかかるよなァ」

権次郎は小難しい顔になって、首筋を掻《か》いた。千鶴の顔が険しくなる。

「まさか駿河屋で、贋金が出たとか？」

「いや、そういうわけじゃねえ。ただ、このひと月、鳴りを潜めてるってのが、な」

そこが気に入らないとばかりに、権次郎は言葉を区切りながら言った。

「そうねえ。あいつもあれっきり、影も形もだし」

千鶴は考え込むように、団扇で掌《てのひら》を叩《たた》いた。「あいつ」とは、追い詰めながら土壇場で取り逃がした、贋金造りの鍵を握る男だ。この夏、千鶴たちは贋金を巡る一件に首を突っ込み、もう少しで企《たくら》みの全容がわかるというところまで辿《たど》り着いていた。

一時は江戸のあちこちで見つかり、しきりに噂に上っていた贋小判も、ここしばらく目にしたという話は聞いていない。両替屋連中は、商いの元に関わる話なので、千鶴たち以上に贋金には神経を尖《とが》らせているはずだが、少なくとも駿河屋にその気配はなさそうだった。

梅治が座敷に入ってきて、千鶴の横で同じように胡坐をかいた。

「ところで権さん、本町の駿河屋の新しい店ってのは、どんなとこだい」

「うん、前の持ち主は呉服屋だ。そこそこ大きな店だが、須田町《すだちょう》の方へ移って空いたのさ」

「須田町か。本町の方が場所がいいのに、どうして」

「だって呉服屋だぜ。越後屋《えちごや》に近過ぎるのさ」

ああそうか、と梅治は得心した顔になった。本町のすぐ隣、日本橋駿河町の越後屋は、店を開いて百数十年になるが、店先現金売《たなさき》りの商いを始めて大いに繁盛し、今や江戸一番の大店《おおだな》だ。その売り上げは、一日千両にもなるという。

「ただでさえ呉服屋の多いところだもんね。商いの勝負に負けちゃったのね」

千鶴が言うと、そりゃあ越後屋を相手にしちゃ分が悪い、と権次郎が笑った。

「そこで店が売りに出て、駿河屋が手を上げたんだ。すぐ前が駿河町で、駿河屋の屋号に験がいい、なんて言ってな」

「それなら、今の下平右衛門町は主人と同じ名で、もっと験がいいんじゃないのか」

梅治は首を傾《かし》げたが、権次郎は「そうでもねえ」と言う。

「駿河屋じゃあ、梅治の言うように名前が重なってるいい場所を捨てるのかって話もあったようだが、重なり過ぎても不都合だって考えもある。現に町名主と間違われることが多かったようだしな」

「町と一蓮托生《いちれんたくしょう》みたいに思われるのもどうかな、ってことね」

頷けなくもなかった。考え方や験担ぎは、人それぞれだ。

「でも、あそこには越後屋の両替店《だな》もある。それは構わないのか」

越後屋は呉服商だけでなく、両替商も営んでいた。梅治はまだ気になるようだ。

「大丈夫と踏んだんだな。まあ、呉服で勝負するよりゃ、余程分がいいだろう。金座に近いから、それが何より良かったんだろうぜ」

　権次郎はそう解釈してから、千鶴に確かめるように言った。

「じゃあ駿河屋は、引越しを決めたんだな」

「ええ。日取りもこっちが示してやった縁起のいい日にするでしょう」

「新装開店の日に、祝いの角樽《つのだる》でも届けておくか」

　そうね、と返事したところで、表で「ご免下さいませ」と呼ぶ声がした。声音からすると、中年の女だ。千鶴は梅治に笑みを向けた。

「梅治、出番みたいよ」

「らしいな」

　梅治は、「はい、ただいま」と表に声を投げ、客を迎えるために立ち上がった。男の客は千鶴が、女の客は梅治がその美貌と艶で引き付けるのが、瑠璃堂の商売の胆《きも》であった。

　梅治に案内されてきた客は、四十前後の大年増《おおどしま》で、幾分太り肉《じし》。着物は利休鼠《りきゅうねず》に扇の小紋で、だいぶ高価そうだ。いかにも大店の内儀らしく見える。梅治は千鶴の少し手前に座った。別に占いを手伝うためではない。女客の目を引き付けておくのが役目だ。

「小間物のお商いですね。でも今日は、商いのご相談ではございませんね」

女客は驚いた顔になった。それから、千鶴ではなく梅治の方を専ら見ていた失礼に気付き、頭を下げた。

「恐れ入りました。堀江町《ほりえちょう》吉田屋《よしだや》の富《とみ》、と申します」

千鶴は、はい、と頷く。瑠璃堂では怪しげな客が来ないよう、表口で帳面に住まう町名と名前を書いてもらうことにしている。小間物屋とわかったのは、書かれた町名と屋号で、以前に行ったことがある店だと思い出したからだ。そのときは確か、手鏡を一つ買った。

また名の方は「吉田屋内　富」と書かれており、女主人ではないことがわかる。商いの相談ならば、主人か番頭が来るか、少なくとも同道するはずだった。お内儀一人で来たということは、当人の悩み事か家の内の何かに関する相談だ。だが、お富の態度物腰には、何かに悩んで不安になっている様子が見えない。怒りや悋気《りんき》のようなものも感じられないから、よくある亭主の浮気、というものでもなさそうだ。

「もしや、近頃良いお話がありましたか」

鎌をかけるつもりで聞いてみた。お富の年恰好《かっこう》から考えて、息子か娘の縁談ではないかと考えたのだ。単に「良いお話」としておけば、外れてもどうとでも言える。

お富の顔が、明るくなった。

「はい、実は娘に縁談が」

やはりそうか、と千鶴は安堵《あんど》する。

「そのご縁に関わるご相談でございますね」

「はい、はい。左様でございます」

お富は、千鶴の神通力で言い当てられたと思ってか、目を見張っている。思惑通りに嵌《はま》ってくれた。

「お相手について、何かご心配でも」

「いいえ、心配ということではないのですが、同時にお二方のお話がありまして、どちらも良縁と存じますので……」

「どちらの方に嫁すべきかの占いを、お望みなのですね」

「はい、何卒《なにとぞ》よろしくお願いいたします」

お富は畳に両手を突いた。贅沢な悩みだな、と千鶴は思った。

「では、そのお二方についてお教え下さいますか」

お富は、こちらに、と言って懐から書付を出した。受け取ってみると、縁談の相手方の素性と生まれた月日、その親の生まれた月日、住まいの方角などが記されていた。

一人は材木屋の倅《せがれ》、もう一人は蠟燭屋《ろうそくや》の倅だ。

千鶴は書付を読んで、気付かれない程度に眉を上げた。材木屋の倅は、知っている。

会ったわけではないが、前にその父親から、倅の放蕩《ほうとう》をどうしたものかと相談されたのだ。このままだと神罰を受けると言ってやると、それをそのまま倅に伝えたらしい。おかげで少しは行状が改まったようだと権次郎が言っていた。しかし性根が直ったかどうかは怪しいものだ。ここは蠟燭屋一択だろう。

千鶴はもっともらしく水晶数珠を振り回してから、書付を火鉢にくべた。そうして材木屋の書付には薄赤色の炎を、蠟燭屋の書付には緑色の炎を出してやった。

「蠟燭屋様からのお話が、より良いようです」

お告げを聞いたお富は嬉しそうに、私もそのように思っておりました、などと言った。

「実を申しますと娘は、しばらくの間、出入りの金細工職人にのぼせていたのです。ところがひと月余り前から姿を見せなくなって……」

ご託宣にほっとしたのか、お富は饒舌《じょうぜつ》になった。

「娘がひどく心配しますので調べさせましたところ、その職人は遠くへ稼ぎに出たらしいとわかったのですが、深い仲の女がいたことも知れました。それでようやく娘の熱も冷めまして、この機会にと良縁を探しましたところ、たまたま二つもお話を頂戴したものですから、嬉しいやら悩ましいやらで、皆で気を揉《も》んでおりました」

ああ、はいはい、そうですか。面倒なオバハンだと思いながら、千鶴は品よく微笑みを浮かべ、しばらく無駄話に付き合った。

「あら、私としましたことが、すっかりお喋《しゃべ》りをしてしまって。申し訳ございません」

もっと早く気付いてよ、と腹の内で嘆息してから、千鶴は愛想よく言った。

「いいえ、構いません。何事も無事収まるなら、大変結構なことです。きっと運気は上向きましょう」

「さすがは千鶴様。本日は誠にありがとうございました」

お富は丁寧に頭を下げ、二分が入った紙包みを差し出して帰った。無駄話の聞き賃として、あと一分欲しいくらいだわ、と千鶴は苦笑した。

お富を送り出した梅治が、座敷に戻ってきて口元に笑みを浮かべる。慣れていない娘なら、これを見ただけでのぼせ上がってしまうところだ。

「さっきの駿河屋もこのお富も、割合楽な稼ぎだったんじゃないか。今日はついてるな」

「まあね。こんな日もあっていいじゃない」

千鶴は団扇を使いながら、お富の一分金二枚を金箱に納めた。難題を持ち込まれて、何と答えを出すか頭を絞らなくてはならない日もある。今日はそうではなかった、というだけのこと。だが、その見方が間違っていたのは、後で思い知らされることになった。

二

心地よい秋風に団扇の用もなくなった頃、駿河屋の引越しが行われた。引越しそのものは滞りなく済んだ、と聞いたので、珍しく羽織袴の正装になった権次郎が、角樽を提げて祝いに出向いた。

祝いの言上だけなので、すぐ帰ると思ったのだが、一刻（約二時間）経《た》っても姿を見せない。どうしたのかと思っていたら、一刻半（約三時間）過ぎた頃に戻ってきた。顔がほんのり赤くなっている。

「なんだ、向こうで一杯御馳走《ごちそう》になっていたのか」

梅治が笑うと、権次郎は、いや済まねえと手を振った。

「さっと引き上げようと思ったんだが、引っ張り上げられちまって。祝い事だし断るのもなんだから、二、三杯な」

「まあいいけど。引越しは片付いたのね。店はいつ開けるの」

店を移るのは吉、と占いを出したので、ちゃんと繁盛してもらわなくては困る。できるだけ早く、盛大に開店してほしいところだ。

「次の大安に新装開店だ。でもな、引越しは全く何事もなし、ってわけじゃなかったそうだ」

「え、どういうこと」

千鶴が訝《いぶか》しむと、権次郎は「人したこっちゃねえ」と笑った。

「人通りの少ないうちにと、朝早くに荷物を運び出したんだがな。荷車の列が両国広《りょうごくひろ》小路《こうじ》から通塩町《とおりしおちょう》を抜けて緑橋《みどりばし》へ差しかかろうってとこで、東緑河岸《ひがしみどりがし》の通りを南の方からえらい勢いで走ってきた荷車が、ぶつかってきたんだとよ」

「え、荷車同士がぶつかったの」

ぶつけた方は、余程急いでいたのだろうか。

「ああ、相手の方は馬が牽《ひ》いてたんだが、何かに驚いて走り出しちまったらしい。荷車はひっくり返って、お互いの荷が道に転がっちまった」

「怪我人《けがにん》は出なかったのか」

梅治が気遣って言ったが、大丈夫だと権次郎は答えた。

「人足が膝小僧を擦りむいたくらいだ。馬もなんとか静まった」

「でもそれじゃあ、大喧嘩《おおげんか》になったんじゃないの」

江戸っ子は気が短いから、こんな場合は人足同士で、何をやってやがんだと言い合いになり、しまいに取っ組み合いになるのが常だ。だが権次郎によると、そうはならなかったらしい。

「相手の方が、これはこっちが悪いんだとのっけから頭を下げたそうでな。それで駿河屋の人足も手を上げるわけにいかず、番頭さんがめでたい引越しなんだから喧嘩は良くないと中に入って、丸く収まったんだ」

「ああ、なら良かったわ」

ずいぶんと真っ当な相手であったらしい。ならば引越しの最中に事を荒立てる必要もないだろう。

「あそこは昼間、人通りが賑《にぎ》やかなところだ。朝早くで誰も巻き込まれなくて良かったな」

梅治も安堵したように言った。

「駿河屋さんも、ひやっとしたらしいぜ。相手が運んでたのは安物の反物だが、ぶつけられたこっちの荷車には、金箱が積まれてたからな」

「あっそうか、両替屋の引越しだもんね。千両箱をどっさり積んでたわけ？」

「いや、その荷車のは一分金とか一朱金とかだ。千両箱は他の荷車だった」

「ひっくり返ったと言ってたけど、中身は無事だったのね」

「中身がぶちまけられてりゃ、一騒動だったろうな。それでも大金を運ぶってんで、駿河屋が手配りした目明しや用心棒が十人もついてたっていうから、まず間違いは起きねえと思うぜ」

蔵から有り金を全部出して運ぶ以上、そのぐらいの備えは当然だろう。老舗の駿河屋のことだから、八丁堀《はっちょうぼり》にも目配りを頼んでいたに違いない。

「それだけで済んだなら、まあ良かったわ。荷車がぶつかっても無事に済んだのはまさに吉事、この引越しはやはり古兆、なんてことにできるんじゃない？」

物事を良いように解釈するか悪いように解釈するかは、その人の考え次第だ。言葉巧みにそこを操るのが、千鶴の腕である。権次郎と梅治は、さすがに無理があるんじゃないかと苦笑した。

それから半月余りも経った頃である。何か商売に繋《つな》がるネタはないかと街中を巡っていた権次郎が、表情を硬くして戻ってきた。窓から見える大銀杏がだいぶ色づいてきたというのに、権次郎の顔色はその反対で、心なしか青くなっているようだ。

「権さん、何かまずいことでもあったか」

梅治が権次郎の顔を見て、眉間に皺《しわ》を寄せた。権次郎は「うむ」と唸《うな》った。

「贋金が、また現れたようだ」

その言葉に、千鶴も梅治もぎくりとした。

「しばらく見えなかったのに。前と同じ贋小判なの」

権次郎は一度頷きかけて、かぶりを振った。

「同じ奴《やつ》の仕業なんだろうが、今度は小判じゃねえ。一分金と一朱金だ」

「一分と一朱？　そりゃあ、厄介だな」

梅治が憂い顔になる。小判は使い方が限られており、普通の町人は滅多に手にしないが、一分や一朱となると常日頃に使う金だ。一度広がれば、小判より余程追いかけるのが難しい。

「御奉行所は、もう知ってるの？」

千鶴の問いに、知ってるだろうな、と権次郎が答える。

「俺の耳に入ったってことは、目明し連中を通じて八丁堀にも聞こえてるはずだ。贋小判を仕掛けた奴は、まだお縄になってねえ。今度こそはと、気合を入れて動き出してるんじゃねえか」

「私たちも、因縁があるもんね」

千鶴は唇を嚙《か》んだ。夏の贋小判の一件には、行きがかりで深く関わり、命がけの大仕事になってしまったのだが、決着が付いたとは言えないのだ。

「いや、待ってくれ。これには、直《じか》に巻き込まれてるわけじゃないだろう」

梅治が美麗な顔を曇らせ、止めるように千鶴の肩に手を置いた。

「一度は命まで狙われたんだ。今度はこっちの商売で儲《もう》けになりそうな話でもなし、奉行所だって、待ってましたと本腰入れてかかるだろうから、関わり合いにならなくても」

「心配はわかるけど、どうにもすっきりしないじゃない」

贋小判の件は、もう少しのところで尻切れトンボになった。それが千鶴は、気に入らない。

「そうは言っても……」

梅治は、何とか言ってくれと権次郎の方を向いた。だが、権次郎はどうも浮かない顔をしている。

「権さん、どうした」

「ああ……その、俺たちも全く関わりがねえってわけでもないかな、と」

奥歯に物が挟まったような言い方に、千鶴は少し苛立《いらだ》って権次郎を睨《にら》んだ。

「どういうことよ」

「実はな、その贋金、出元を辿《たど》るとどうも駿河屋に行きつくらしいんだ」

そのひと言に、千鶴と梅治は揃《そろ》って声を上げた。

「何ですって」

駿河屋平右衛門が瑠璃堂にやって来たのは、その翌日の昼前だった。駿河屋と聞いて、用向きの察しがついた千鶴は、控えの間の覗き穴からそっと様子を窺《うかが》う。案の定、平右衛門の顔は強張《こわば》り、こめかみの青筋が見えるようだった。やれやれ、と千鶴は溜《ため》息《いき》をついた。

占いの間に通された平右衛門は、挨拶もそこそこに言った。

「このたびの引越しは吉、ということでしたが、早々にとんでもない災難に見舞われました」

その口調は、まるで千鶴に非があるとでも言わんばかりだった。

「贋金が見つかったことでございますね。確かに大きな災い、お見舞い申し上げます」

千鶴はいつも通りの上品で落ち着いた声音で気遣いを述べ、すっと頭を下げた。

「いかにも大きな災いです。八丁堀のお役人のお調べを受けたうえ、勘定所のお耳にも入り、お店の信用が大きく損なわれてしまいました。引越しは凶だったのではありませんか。どういうことです」

ちっ、と千鶴は腹の中で舌打ちした。占いは当たるも八卦《はっけ》、当たらぬも八卦。そう割り切ってくれる人が少ないのは、どうしたことか。今回のことは仕掛けた相手がいるはずなんだから、まずそいつを恨んでもらいたい。

「いったい、手前どもにどんな不都合があったというのです。なぜこんなことになったのですか」

そんなもん、こっちが聞きてぇわ。そう言いたくなるのを抑え、千鶴は水晶数珠を手にした。

「どうか落ち着かれますよう。物事の吉凶とは、目先のことを申すのではございません」

「目先ではない、と？　では、今度のことはどうなのです」

「このたびは確かにご不幸、しかしながら、これのみで全てが終わるのではございません。人の一生、お店の一生は、この先もずっと続いてまいります」

「それはそうですが」

平右衛門は、いささか困惑したような表情を浮かべた。

「長い年月を経て、全てが終わったところで幸いが満ちておりますれば、それは全て吉、と申せましょう。一時の不幸にとらわれてはなりません」

「は……それでは、この後には好事が待っている、とそのように言われますので」

「何か事が起きるたび、幸不幸に心を惑わされれば、それは道を誤る元となりましょう。長き時を通して初めて、その一生が吉であったか否か、わかるものでございます」

「はあ、つまりその……終わり良ければ全て良し、ということで」

「それは少しばかり簡単すぎますが、間違いではございません。心の持ちようは大事です。不幸を嘆けば嘆くほど、運気は下がっていきます。次には必ず良きことがあると信じて精進なされば、自《おの》ずから運気はついてまいります」

「それでは、このたびの贋金騒ぎも、やり過ごすことができるのですか」

「あなた様に悪《あ》しき心や迷いがなければ、きっと無事に収まりましょう。その後には、いずれ遥《はる》かに良きことが訪れましょう。なればこそ、この家移りは吉なのでございます」

千鶴は言い終えてから一礼し、数珠を振って火鉢に手をかざした。ぱっと青緑の炎が上がった。

「運気は衰えておりませぬ。どうかお心平らかに過ごされますよう」

「はあ、さ、左様でございますか。ありがとうございます」

迷いが見えた平右衛門だが、最後は丁重に畳に手をついて礼を言った。千鶴は胸を撫で下ろした。


平右衛門が帰ったのを確かめて、権次郎が笑いながら占いの間に入ってきた。

「いやあ、お見事。駿河屋の旦那、占いが外れたとねじ込みに来たってのに、すっかり千鶴さんに丸め込まれちまったな」

「人聞きの悪い。要は気の持ち方だって諭しただけよ」

「それこそが、丸め込んだってことじゃねえか。さすがだね」

権次郎は呵々《かか》と高笑いし、平右衛門が残した紙包みを拾い上げた。

「おまけに見料一両、置いてってたぜ」

包みを開いて、一分金四枚を掌に載せる。

「まさか、これも贋金じゃねえだろうな」

一枚をつまんで、障子を照らす日の光に当てた。

「小判のときは光の当て具合でわかったが、こいつはさっぱりだな」

「小判に比べるとかなり小さいしね。贋金だと見破った人は、どうやったの。いや、そもそも誰が見破ったの」

「岩本町《いわもとちょう》の薬屋だ。釣銭に一朱金をもらった客が、何かおかしい気がすると言い出したんだと。何しろ贋小判が出回ってたのは、せいぜい二月ちょっと前までだろ。で、薬屋ももしやと思って、秤《はかり》を使ってみたんだ。薬屋には、薬を混ぜるときに分量を量るための、立派な天秤《てんびん》があるからな。そうしたら、普通の一朱よりほんのわずか、軽いのがわかった」

「そうか。金の量が少なかったのね」

金・銀・銅・鉄などの中では、金が一番重い。混ぜ物を多くして金を減らせば、見た目は同じでも軽くなる。だが一朱金程度の大きさでは、細かいものも量れる精密な天秤を使わないと、違いがわからないだろう。薬屋で見つかったのは、運が良かった。

「薬屋はびっくりして、念のために店にあった一分金と一朱金を全部量ってみた。そうしたら、怪しいのが十枚以上も見つかってな。それが全部、駿河屋で両替したものだったのさ」

「はあ、そういうことか」

駿河屋が出元だと言われるには、はっきりした理由があったわけだ。

「しかし、どうするね。駿河屋には、この一件は無事に収まって、後でいいことがあるって言っちまったよな」

「そりゃまあ……言っちまった、よね」

千鶴は眉を下げた。あれは平右衛門を宥《なだ》めるための、口から出まかせだ。それでも言ってしまった以上、何かいいことが起こってくれないと、瑠璃堂の信用に傷が付く。

「やっぱ、関わるしかないか」

呟《つぶや》くように千鶴は言った。結局、あの贋金の一件は、きっちり片を付けるまで自分たちにまとわりついているようだ。

そこで千鶴は、はっと気付いた。

「ねえ権次郎さん、駿河屋さんの引越しのとき、一分金や一朱金の入った金箱を積んだ荷車が、ひっくり返ったって言ったよね」

　権次郎は、したり顔で頷いた。

「ああ。駿河屋自身が贋金に一枚噛んでるとは思えねえ。とすると、気になるのはそこだな」

「また、すり替えね」

　贋小判のときの手口と、同じだ。

「そもそも、妙だなとは思ってたんだ」

　権次郎が言う。

「相手の荷車が積んでたのは、安い反物が入った箱だ。青物や魚ならわかるが、そんなもの朝早くに急いで運ぶこたァあるめえ。反物の箱の間に贋金の詰まった箱を隠しておいたんだ。わざとぶつかって箱が散らばった隙に、すり替えたんだろうな」

「駿河屋のものとそっくりな金箱を、用意してたってことね。お役人は、気付いてるかしら」

「どうだろうな。このことを聞いてりゃ、とうに気付いてぶつかった荷車を捜してるだろう。けど向こうも、すぐに手繰られるような下手なこたァしねえだろうな。どっかで盗まれた駄馬と荷車に行き当たって終わり、てとこじゃねえか」

　そこへ、庭の裏手を掃除していた梅治が顔を覗かせた。二人が難しい話をしているらしいのを見て、怪訝《けげん》そうにする。

「どうした。駿河屋はうまくあしらえたんじゃないのか」

千鶴は、梅治の顔を見てニヤリとした。

「どうやら、それだけじゃ済まないみたいよ」

三

次の日、千鶴は瑠璃堂を休みにして、梅治と一緒に日本橋本町に出かけた。駿河屋の様子を見ておこうと思ったのだ。新しい店は、吉凶だけ占っておいてまだ目にしていなかった。

呉服屋や菓子屋などの大店が軒を連ねる本町界隈《かいわい》は、今日も大いに賑わっていた。千鶴は島田を結い、黒襟に格子柄の着物というごく普通の町娘の格好で、周りに溶け込んでいる。梅治の方は、地味目の着物でも人目を引く顔立ちなので、手拭いを被っていた。

駿河屋の新店は、年季の入った造りの立派な店構えで、大きな手直しをせず使っている様子であった。看板も、代々掲げてきたものをそのまま持ってきたようだ。ただ、暖簾《のれん》だけは新調されていた。

「大騒ぎになってるかと思ったけど、そうでもないようね」

千鶴は店先を見ながら、小声で言った。

「まだ読売に出てもいないし、贋金の噂はそれほど広がってないんだろう」

「八丁堀が踏み込んだ、ってこともないのかな」

「名のある大店だからな。話ぐらいは聞きに来たろうが、駿河屋が悪さをしてると疑ってるとも思えないしな」

今のところ、まだ波風は大きくないか。そう思ったとき、日本橋通りの方から供を二人連れた侍が歩いてきた。身なりはそこそこ立派だ。それだけなら気に留めることはないが、侍の目は真っ直《す》ぐ駿河屋に向けられていた。

目で追うと、三人の侍は暖簾を分けて駿河屋に入った。どこかの家中の勘定方か何かだろうか。千鶴と梅治は、何気ないふりで店先に近付いた。前を通りながら、聞き耳を立てる。

通り過ぎざま、はっとした。中から確かに、勘定所という言葉が聞こえたのだ。千鶴は梅治の袖を引いた。

「今の、勘定所のお役人じゃないかな」

「なるほど。駿河屋の旦那も、勘定所の耳に入っちまった、と言ってたな」

梅治は得心したように言い、千鶴を促して駿河屋の前を離れた。

「後で確かめておくよ。今は目に付かないよう、引き上げよう」

梅治は日本橋通りに出てしばらく北に歩くと、紺屋町《こんやちょう》で小料理屋を見つけ、昼飯にしようと千鶴を誘った。腹が鳴りかけていた千鶴に、否やはない。

小座敷に上がって、梅治が手拭いを取った。注文を聞きに来た若い女中が、梅治の顔を見て、一瞬どきっとしたように立ち止まる。それからは梅治の顔から目を離さず、上の空。ちゃんと注文を聞いてくれたか、いささか怪しい。女中は下がるとき、千鶴に妬まし気な視線を送った。

「あーあ、嫁入り前だろうと人の嫁だろうと、江戸の女の半分は梅治を見たらああなっちゃうわね」

千鶴がからかうように言うと、梅治はふふっと笑う。

「半分てことはない。まあ、三分の一くらいだな」

「よく言ってくれるよ。この罪作り」

「別に俺の罪じゃあない。それに、役に立ってるじゃないか」

まあね、と応じると、梅治は少し真顔に戻る。

「飯が済んだら、駿河屋へ戻ってみる」

「ああ、さっきの勘定所らしいお侍のこと、ね。どう確かめるの」

それには答えず、梅治は意味ありげに薄く笑った。それで千鶴は察した。

「なるほど、役に立てるわけね。やっぱり罪作りだ」

梅治が、ふん、と鼻を鳴らした。そこへさっきの女中が、膳を運んできた。焼き魚に里芋に松茸《まつたけ》。注文は、ちゃんと聞いていたようだ。ただしその顔は、上気したままだった。


先に帰っててくれ、と梅治が言うので、千鶴はしばらく日本橋通りをぶらつくことにした。巫女姿ではそうもいかないが、今日は普通の娘姿。せっかく手間をかけて島田に結ってもらったのだから、少しは楽しまないと。

太物《ふともの》商いや小間物、菓子屋に本屋、化粧道具に蠟燭屋と冷やかして歩く。誰か連れがいればいいのだが、華やいだ店々を巡っていると、一人でも気分が浮き立ってくる。結局一刻余りも歩き回って、ついつい櫛《くし》や可愛《かわい》らしい絵付き蠟燭を買ってしまった。

鼻歌混じりに瑠璃堂に帰ると、梅治の方が先に着いていた。

「おや、ずいぶん遅かったんだね」

梅治が首を傾《かし》げるのに、ぶらぶら歩きを楽しんでたのよと、櫛と蠟燭を出して見せた。

「ああ、そうか。巫女姿を続けていると、肩が凝るもんな」

いい息抜きじゃないかと梅治が笑う。

「うん。で、どうだったの」

駿河屋のことを尋ねた。「それだよ」と梅治が座り直す。

「来てたのは、やっぱり勘定所の役人だ。勘定組頭の高梨《たかなし》というお人らしい。あと二人は、高梨の配下だ」

「へえ。割と偉い人が来たみたいね。贋金についての話でしょうね」

「ああ。蔵の中まで検《あらた》めたが、様子からすると、引越しのときにすり替えられたらしい一箱以外には、贋金は見つからなかったようだ」

「その辺は、八丁堀も調べたんでしょう」

「そうだ。今度も小原田《おはらだ》の旦那が走り回ってるとさ」

千鶴は「やっぱりね」と笑った。北町奉行所 定廻《じょうまわ》り同心の小原田藤内《とうない》は、贋小判の件をずっと追っていた。瑠璃堂にも前から度々顔を出しており、武骨な切れ者を装いつつも、千鶴に鼻の下を伸ばしているのが見え見え、という男だ。

「小原田さんはいいとして、その勘定所だけど。前の贋小判の時には、出張《でば》ってなかったよね。今回はどうしたのかな」

「そうだな。小判から一分、一朱と広がりを見せてきたんで、放っておけなくなったか。或《あ》いは……」

「奉行所とは別に、何か気になることがあるのかも、ね」

梅治の言葉尻を引き取って、千鶴が言った。

「それなんだが、な」

梅治は思わせぶりな薄笑いを浮かべた。

「その勘定組頭、自分たちが調べに来たことは八丁堀には言うな、と釘《くぎ》を刺してったそうだ」

「町奉行所に内緒で動いてるってこと？　へえ」

やはり勘定所は、町方役人とは別の思惑で動いているのだ。これは面白いかもしれない。

「ところで梅治、そんなこと、どうやって聞き出したの」

「それはな」

梅治は少しばかりきまり悪そうに、頭を掻いた。

「駿河屋の下女の一人が出てきたのを摑《つか》まえた。その娘も気になって、茶を出すときなんかに聞き耳を立ててたんだそうだ。奥向きの女衆は、何かといろんなことを知ってるもんでね」

「そうか。やっぱりこれを存分に使ったわけだ。ほんとに悪い男だねえ」

千鶴は梅治の頰を撫でまわした。やめてくれ、と梅治が顔を背ける。梅治が誘いをかけて断る女は滅多にいない。自分でも、罪なことをしているという負い目があるのだ。

「楽しんでやってるわけじゃないんだ」

「わかってる。ごめん」

からかい過ぎを詫《わ》びてから、千鶴は首を捻《ひね》った。

「勘定所は、八丁堀が知らない手掛かりを摑んでるのかしら」

「かもしれんが、町方に知らせないのはなぜだ。勘定所じゃ咎人《とがにん》をお縄にできないぜ」

「わかんないけど……お役所同士の意地の張り合い、かな」

「ふうん。まあ、贋金ってのは勘定所にも町奉行所にも深く関わる話だからな。御老中とか上の方の顔色を窺ってるのかもしれんが」

梅治も首を捻っている。梅治は元を正せば下っ端の御家人の家の出なので、宮仕えの心持ちは、ある程度わかるはずだった。

「で、この一件、最後まで追いかけるのか」

梅治が急に心配顔になった。

「例の贋小判の一味だとすると、知っての通り相当厄介な相手だぞ」

「それは無論承知よ。でも、駿河屋さんに八つ当たりされたくはないでしょう」

「八つ当たり、ねえ。そりゃ、瑠璃堂としちゃ困るが」

梅治は、まだぐずぐずと言っている。別に面倒がっているのではなく、千鶴を危ない目に遭わせたくないのだ、ということはわかっている。それでも千鶴は言った。

「やるよ。もう贋小判のことで充分足を突っ込んじゃってる。放っておいても、また火の粉が飛んでくる。そんな気がするの」

梅治の唇が歪《ゆが》んだ。梅治も、それは感じているのだ。

「わかった」

梅治は、ひと言返して黙った。

「ありがとう」

千鶴は梅治の膝を叩いた。一瞬、千鶴の頭に、追い詰めて取り逃がしたあの男の、取り澄ました顔が浮かんだ。

四

瑠璃堂に変わった客が訪れたのは、三日後のことだった。

「ご免下さいませ」

表から、艶のある女の声がした。おっと出番だと梅治が立ち、迎えに出た。千鶴は控えの間の隣に入った。女客が座る気配を聞きとって、覗き穴に目を当てる。

その客は、年増の女だった。頗《すこぶ》る美人で、襟足が綺麗《きれい》だ。化粧はやや濃い目。全身から並みならぬ色気が漂ってくる。年は二十五、六にも見えるが、恐らくもっと上だろう。三十は越えているかも。着物は紺色に柘榴《ざくろ》柄。派手過ぎないが人目は引く。素人ではなさそうだ。

さて生業は何だろう。手先を見ると、傷も三味線胼胝《だこ》もないようだ。爪に微《かす》かに墨が残っている。が、物腰からすると書を嗜《たしな》むようではない。とすると、帳面付けかかと言って、商家の内儀にしては婀娜《あだ》っぽさが際立っている。元が芸者や遊女であっても、内儀に収まればそれらしい立ち居振る舞いになるもの。この女、今も玄人筋の仕事をしているんだろう。

ふと女がこちらを向いた。無論覗き穴ではなく、穴を隠した絵を見ているのだが、その目力がずいぶん強い。視線を胸元に移した千鶴は、ぎくっとした。着物に、その下の硬いものの形が僅かだが浮いていた。この女、懐に匕首《あいくち》を呑《の》んでいる。瑠璃堂に来るのにこんなものは要らないから、常に持ち歩いているのだ。

こりゃかなり危ない客だな、と思った千鶴は、感覚を研ぎ澄ました。何か悪いことを企んでいるなら、感じ取れるはずだ。だが、しばらく覗き穴越しに見つめ続けても、黒い邪気というほどのものは、伝わってこなかった。強いて言えば、灰色。堅気ではないが、瑠璃堂に悪意を向けているわけではない、というところか。

じっと見入っていると、肩を叩かれた。権次郎だ。

「ちょっと代わってくれるか」

声にならない声で囁《ささや》かれた千鶴は、眉を上げた。権次郎がこんなことを言うのは、初めてだ。わけがありそうだと思い、千鶴は黙って場所を譲った。

権次郎は悪いなと手を振り、覗き穴に目を当てた。途端に、息を呑む気配がした。驚いて様子を見ると、権次郎は両手を握りしめ全身を硬くしている。千鶴が背中を軽く叩くと、肩がびくんと跳ね上がった。権次郎は慌てて振り向き、千鶴と入れ替わった。

改めて女を見たが、さっきと変わったところはない。権次郎は、女の顔を見て動揺したのだろう。いや、わざわざ覗かせてくれと言ったのは、表で女が案内を乞うた声に聞き覚えがあったからに違いない。後ろで梅治も権次郎のおかしな様子に気付き、眉根を寄せている。だが、ここでは声を出せない。千鶴は梅治に、女を占いの間に案内するよう目配せして、奥に入った。

占いの座敷で千鶴と向き合った女は、まるで値踏みするように千鶴を一瞥《いちべつ》してから、頭を下げた。梅治に気を惹《ひ》かれてはいるようだが、他の女客のように魅入られたような素振りは見せない。なかなか手強そうだ。こういう相手には、舐《な》められないよう注意が要る。

「蓮《れん》と申します。本日はよろしくお願いいたします」

「初めてのお方ですね。お運びありがとうございます」

千鶴は礼を返し、静かに言った。

「大変不躾《ぶしつけ》かとは存じますが、表立っては難しいお仕事をなさっておられますか」

お蓮と名乗った女は、千鶴を見返して口元だけで笑った。

「難しいと申せば難しいとは思いますが」

当ててみろ、とでも言いたげだ。千鶴は微笑んだ。

「お金の出し入れに関わるようですね」

帳面仕事をしていると見たところから、聞いてみる。お蓮は表情を崩さず、「そんなところです」と答えた。

「賭場のようなこと、でございましょうか」

女の眉が上がる。当たったらしい。

「恐れ入りました。賭場を開いております」

よしよし、先手を取ったぞと千鶴は安心する。賭場だと思ったのは、堅気でない生業できっちりした金の出し入れが日々に必要なものという見当からだ。それに、お蓮を見たとき、壺振《つぼふ》りが似合いそうだと直感したこともある。要するに、半分は勘だった。

「お金にまつわる占いを、ご所望でしょうか」

幾分疑わし気に聞いてみた。賭場の厄介事なら、切った張ったの話で、占いの出る幕はないだろう。

「まあお金と言えばお金ですが……この商売を始めまして五年になりますが、女だてらにこのようなことをしておりますと、侮っていろいろ仕掛けてくる者もおります。今はしのいでおりますが、このまま続けていってもいいものか、商売替えした方がいいのか、その辺りを占っていただこうと」

女の身で賭場を仕切っているのは珍しいが、ないわけではない。しかしそういう場合、どこかの親分が自分の女に賭場をやらせている、というのが普通だろう。このお蓮には、後ろ盾がいないのだろうか。

「女一人、賭場を立てていこうとなされば、随分とご苦労も多いのでしょう。手助けなさるお方はいらっしゃいませんか」

鎌をかけるように聞いたが、お蓮は乗ってこない。

「そういうお方がいれば、占わずとも済むんですがねえ」

溜息混じりに言った。案外本音かもしれないな、と千鶴は思った。

「承知いたしました。それでは、今のご商売の先行きにつき、占わせていただきます」

千鶴は一礼し、火鉢の載った占い台を引き寄せて、水晶数珠を取った。いつも通りに、何度か振り回して見せる。

火鉢にタネをくべるときは、お蓮が梅治に気を取られている様子がないので、いつもより慎重にやった。だが意外にも、お蓮は神妙に俯《うつむ》いて手を合わせた。格好だけか本気なのかは、さすがにわからない。

橙色《だいだいいろ》の炎が上がった。千鶴は炎をお蓮に示し、ご託宣を述べた。

「やはり先々の運気はよろしくないようです。今もし大きな難事を抱えておられるなら、できるだけ早く賭場を閉じられるのがよろしいでしょう。目の前に難事がなくとも、あまり日を置かずに生業をお変えになることをお勧めいたします」

御定法に触れる生業なのだから、このまま続けるのが吉、という占いは出し難《にく》い。

お蓮の口から、微かに溜息が漏れたようだ。そうですか、と呟くように言って、畳に手をついた。

「ありがとうございました。できるだけ早く、足を洗うこととといたします」

それが良うございます、と千鶴は水晶数珠を掛けた手を合わせ、ゆっくりと言った。

お蓮はもう一度礼を言ってから、一分金二枚の入った包みを置いて去った。

占い台を片付けた千鶴は、さて、と手を打ち、振り返ると襖越しに呼んだ。

「権次郎さん、こっちに来て」

ちょっと間が空いたが、権次郎は仕方なさそうに頭を振りながら、襖を開けて座敷に入って来た。千鶴の横で胡坐をかき、俯き加減になる。

「さあ話して。あのお蓮て女、何者なの」

梅治も膝を寄せてきた。二人してじっと見つめると、権次郎の顔が赤くなった。

「何者ってえか……自分で言ってたろ。賭場をやってる女だよ」

「それはわかってる。前から知ってる女なんでしょ」

権次郎の示した態度から、それは明白だった。

「まあ……そうだ」

権次郎は目を逸《そ》らし、膝の上で手をもぞもぞさせている。この様子を見て梅治が、しょうがないなという調子で言った。

「権さん、当ててもいいか」

権次郎が目を剝いて梅治を見る。

「あ、当てるってのは」

「あれは、権さんが前に惚《ほ》れてた女だろ」

権次郎が誰の目にもわかるほどうろたえた。梅治は、やっぱり、と呟いてから、追い討ちをかけた。

「権さんが十手召し上げになったのは、あの女と関わったからじゃないのか」

権次郎は目をつぶって天井を仰いだ。そういうことだったか、と全て解した千鶴は、

「この際だから、全部聞かせて」と迫った。権次郎は観念して、話し出した。

「七年ほど前だ。殺しの下手人が出入りしてるらしいって賭場があってな。界隈でいろいろと悪さに関わってるやくざ者が仕切っててよ。お蓮はそいつの女房だったんだ」

権次郎はその下手人を追って賭場を張り込み、何度か出入りもした。壺を振っていたのはお蓮だった。どう魔が差したか、賭場に通ううち権次郎はお蓮に惚れてしまったのだという。隠れて窺っていると、亭主は気に入らないことがあるたび、お蓮を痛めつけているようだった。

「それでまあ、その、こいつを助けてやらなきゃって、のぼせちまってよ」

権次郎はお蓮に近付き、亭主と別れた方がいい、俺が悪いようにしねえ、と言った。お蓮は喜び、亭主をお縄にできるならあんたを手伝う、と言い出した。権次郎はすっかりその気になり、追っている下手人のことを教え、そいつが亭主とつるんでいるのがわかれば二人ともお縄にできる、と話した。

「で、お蓮さんは承知したの」

千鶴が聞くと、権次郎は面目なさそうに頷いた。

「ああ。けどなあ、そう都合良くは運ばねえ。お蓮が言うには、下手人の男はただ出入りしてるだけで、亭主はそいつの殺しのことは何にも知らねえってんだ」

「じゃあ、何か手を考えたのね」

「そこでお蓮に吹き込まれちまったのさ。その下手人の男をうまく誘って、自分に手を出してるところを亭主に覗かせる。そうしたら亭主は逆上して、そいつを殺すだろう。殺し合いになってどっちも死んだら、一番好都合だってな」

「殺し合いをさせる？　おっそろしく危ない女じゃないの」

千鶴は呆《あき》れ返った。よくそんな話に乗っかったものだ。

「今にして思や、その通りだ。けど、あの頃は俺も若くてな。どうせ二人とも悪人なんだと自分を得心させたんだ」

お蓮の仕掛けた罠《わな》は思惑通りになり、亭主は下手人の男を殺した。権次郎はそこへ踏み込み、亭主に縄をかけ、八丁堀に引き渡した。

「亭主は死罪になったのかい」

梅治が聞くと、権次郎は苦い顔で「そうだ」と答えた。

「もともと賭場以外は、強請《ゆす》り集《たか》りを生業にしてるような奴だ。死罪になって近所の連中は喜んでたんだが、番屋のお調べであの野郎、自分は嵌《は》められたと騒ぎやがって」

死罪は覆らなかったが、偶然にしては都合のいい成り行きに疑念を抱いた八丁堀が、仕掛けに気付いてしまった。

「下手人を捕らえるための仕掛けだったと言い逃れしようと思ったが、うまくいかなかった」

江戸の岡っ引きはやくざと紙一重で、ちょっとした悪事に手を染めている者も多い。だが殺し絡みとなると、さすがにただでは済まない。

「その八丁堀が小原田さんだったら良かったのに」

小原田なら、気付かず見過ごすか、疑いを抱いても面倒事は避けただろう。

「そのとき俺はあの旦那の配下じゃなくてな。調べた同心は、南町の鵜飼《うかい》ってぇ大層な切れ者だ。俺も観念するしかなくて、十手を返して江戸を離れようとお蓮のところへ行ったんだ」

そこで話の結末が見えた。

「ははあ。お蓮さん、とっくに逃げてたのね」

権次郎が、がっくり肩を落とす。

「家はもぬけの殻だった。亭主が貯《た》め込んでた金と一緒に、消えてたよ」

「やれやれ、それじゃ恨み骨髄でしょうに」

「いや、それがな」

権次郎は変に照れたように頭を掻いた。

「箪笥《たんす》を調べたら、抽斗《ひきだし》に紙切れがあって、そこに、権次郎さん許して、と書いてあったのさ。それで何かわけがあったんだろうと思って……」

へえっ、と千鶴は感心した。お蓮め、男心を操る術《すべ》を充分過ぎるほど心得ている。

「まさか今でも信じてる、なんて言うんじゃないでしょうね」

「いや、さすがにそれはな。けどよ、こうも見事に手玉に取られると、却《かえ》って清々《すがすが》しいくらいだ」

あー、男って馬鹿。千鶴は額を叩いた。梅治は笑っていいのか迷っているようだ。

「ともかく、権さんはお縄にならずに済んだんだな」

「ああ。お蓮も消えちまって、これという証《あか》しが立たなくてな。亭主の方も、いつ死罪になってもおかしくねえような奴だったから、奉行所も事を大きくせずに俺の十手を取り上げるだけで済ませたってわけさ」

ここで権次郎が笑ったのは、自嘲だろう。梅治が嘆息した。

「権さんが十手を召し上げられたのは、女絡みで下手を打ったからと聞いてたが、そういうことだったのか」

「喜んでおおっぴらにできる話じゃねえからな」

権次郎が頭を掻く。

「お蓮が江戸に戻ったらしいってのは、風の噂に聞いてたが、ここに現れるとはなあ」

「それなんだけど、これ、偶然かな」

千鶴の言葉に、権次郎が目を見開く。

「俺がここにいると知ってたってのか」

「どうも、占いをしてほしくて来たんじゃないような気がする」

お蓮は権次郎を含む三人の男を軽々と出し抜き、持ち逃げした金を元手にしたのか、江戸に舞い戻って自分で賭場を開くほどの女だ。行く道を決めるのに占いを頼るとは、考え難かった。梅治も、そうだなと賛同する。ただ、千鶴が感じたところからすれば、悪事を働くために来たわけではなさそうだ。

「案外、よりを戻す機会を窺いに来たんじゃないのか」

「え、俺と？　いやいや、それはねえだろう」

権次郎はかぶりを振ったが、その顔が輝き始めたように見えた。千鶴は思わず、馬鹿じゃないのと声に出しそうになった。

「お蓮さんてのは、幾つなんだ」

梅治が尋ねると、権次郎は指を折った。

「ええと、俺と会ったとき二十四だったから、今は三十一だな」

「ああそう。婀娜っぽく脂の乗り切った、いい年増になってるわねえ」

千鶴が目を細めてからかうと、権次郎はまた赤くなって身じろぎした。

「受付の帳面には、四谷伊賀町《よつやいがちょう》と書いてあったぞ。これは本当かな」

梅治が言うと、権次郎は本当だろうと言った。

「別に嘘《うそ》を書く理由もあるめえ」

自分に会いに来てほしいなら、本当の住まいを書くはずだ。そう言いたいんだろうと千鶴は小さく笑った。

「ちょっと探っておいた方がいいかもしれないわね」

よりを戻す云々《うんぬん》はともかく、お蓮が何か企んでいるなら、知っておく必要があるだろう。権次郎が身を乗り出した。

「そうか。それじゃ早速」

「あんたは駄目」

千鶴と梅治が、口を揃えて言った。

五

お蓮の賭場に入り込んでみよう、とは思ったが、千鶴も梅治も顔を知られている。そこで、人を使うことにした。本郷の四丁目に住む亮介《りょうすけ》という、二十三になる男だ。本業は鋳掛屋だが、下っ引きもやっていて、鍋釜の修繕よりそっちの腕の方がいい。権次郎や梅治も、瑠璃堂の客に関わる調べ事に自分たちが出向けないときなど、小遣いをやって手伝わせていた。

「四谷伊賀町の賭場ですかい。そこの様子を見て来りゃいいんで」

亮介は、お安い御用だと請け合った。

「どんな顔ぶれが来てるのか、手下や用心棒はどれほどいるのか、評判はどうなのか、まあそんなとこだ」

「承知です。界隈で噂も拾っておきやすよ。それで、その……」

亮介は窺うような目で梅治を見た。梅治は察して、懐から銭を出す。

「ほら、博打《ばくち》の元手だ。二分もあればいいだろう」

亮介は破顔し、こいつァどうもと二分を懐に入れると、人目に立たないようさっと引き上げた。

亮介が再び瑠璃堂に顔を出したのは、翌日の夕方近くだった。梅治が縁先で迎える。千鶴は亮介に姿を見せず、障子の陰に隠れて話を聞いた。

「おう。どんな様子だった」

梅治に問われた亮介は、得意そうな声で答えた。

「拾えることは、拾って来やしたよ。はい、お預かりした元手の二分」

亮介が金を返したらしく、ちゃりんと音がした。

「初めはちょいと凹んだんですがね。半刻（約一時間）ばかり続けたら、潮目が変わりやして。三度に二度は勝つ、ってえ流れで、終わってみたらいい具合に儲《もう》かりやしてねえ」

二分の元手が三分になった、と得意そうに言う。元手を返しても一分は懐に残るわけだ。

「あのなあ」

博打に勝った話なんかどうでもいい、と梅治が窘《たしな》めると、亮介は慌てて言った。

「こりゃ済まねえ。ええ、賭場は賑わってやしたよ。法田院《ほうでんいん》って寺の敷地にありやしてね。貸元のお蓮、梅治兄貴の言いなすった通り、いい女ですねえ。時には自分で片肌脱いで壺を振ったりするそうで、そいつを見たさに来る客が引きも切らず、ってとこで」

「代貸はどんな奴だい」

「駒十って奴で。頰に傷があって、それなりに睨みは利くようです。ただ、お蓮さんの男、ってわけじゃねえようで。金だけの縁でしょう」

これを聞いたら権次郎はほっとするかな、と千鶴は含み笑いした。

「中盆《なかぼん》と壺振りの他に手下が三人、浪人者の用心棒が一人。そんなとこです。ついでに言うと、寺の坊主は七十過ぎの爺《じい》さん一人で、これもお蓮さんの男じゃねえようで」

言葉の後に、亮介の笑い声が聞こえた。

「お蓮さんは、寺に住んでるわけじゃないよな」

「へい、裏手に家がありやす。そこに一人でいるようで。男が出入りしてるって話もありやせん」

本当に男はいないようだ。まさか権次郎に義理立てしているわけではあるまいが。

「何か揉《も》め事があったなんて話は、聞かなかったか」

「いえ、噂になるほどの大きな揉め事はなさそうです。今日は朝からあの界隈を歩き回って探りを入れたんですが、これと言って悪い噂もありやせん」

「いかさまとか、博打の借金の踏み倒しとか、賭場にはありがちな話もないのか」

「少なくとも、いかさまはないですね。踏み倒しくらいはあるかもしれやせんが、それで騒ぎになるってこともねえでしょう」

そうか、と梅治が応じた。

「ご苦労さん。これも、持ってきな」

梅治は気前のいいことに、返された元手の二分のうち一分を、亮介にやったらしい。亮介は弾むような声で「こりゃすいやせん。またいつでも呼んで下さい」と愛想を言い、ぱたぱたと足音を立てて帰って行った。

梅治は縁側から座敷に入り、千鶴の前に座って腕組みした。

「どうも、お蓮さんの賭場に厄介事はなさそうな気配だな」

瑠璃堂でお蓮は、自分を侮っていろいろ仕掛けてくる奴がいる、と言っていたが、そんなことがあれば、亮介の聞き込みで摑めているだろう。

「何も引っ掛からないってことは、やっぱり賭場をやめたいっていうのは方便かな」

千鶴は首を傾げた。でも、何のための方便だろう。まさか権次郎とよりを戻すために、そんな小細工をするとは思えない。

「正直わからないが……これで終わりってことはないだろう。向こうの出方を待つしかないんじゃないか」

梅治の言う通りだ。権次郎は気を揉むだろうが、これと言ってできることはなかった。

「権次郎さん、こっそり四谷に行ったりしないかな」

千鶴は少し心配になって言った。腕利きの岡っ引きだったのに、権次郎は自分の色恋には妙に不器用だ。二度もお蓮の手管に乗せられることがあっては、気の毒である。

「子供じゃないんだから、放っとくしかないだろう」

梅治は突き放すように言って、肩を竦《すく》めた。

「今日は三人お揃いかい。しばらくぶりだねえ」

瑠璃堂の賄いをしているおりくが、昼餉《ひるげ》の膳を並べて言った。朝夕は揃って摂《と》ることが多いが、昼間は大抵権次郎が外に出かけている。お蓮のことがあるので、千鶴に釘を刺された権次郎は今日は出控えていた。

「権次郎さん、冴えない顔つきだねえ」

おりくが飯をよそいながら、権次郎の顔を覗き込んだ。おりくはもう六十になる白髪の婆《ばあ》さんだが、かくしゃくとしたもので、その動きは二十も年下の者と変わらない。三度の飯など裏方の世話はおりくの仕事で、常に三人から頼りにされている。下の長屋で権次郎の隣に住んでいるので、いつもと違う様子なのが、余計気になったようだ。

「いや、別に何でもねぇ」

茶碗《ちゃわん》を受け取った権次郎が、抑揚の乏しい声で言った。梅治がくすりと笑う。

「あの年にして、恋煩いさ」

「おい、何言ってやがる」

権次郎が眉を逆立て、おりくは「はあ？」と大口を開けた。

「あんたが恋煩い？　こりゃあ、時季遅れの雷でも落ちるんじゃないかね」

「てやんでえ、そんなんじゃねえや」

権次郎は腹立たし気に腕を振り、飯を一気にかき込んだ。

「昔惚れた揚句に逃げられた女がまた現れて、心が乱れてるのよ」

千鶴がひと言でわけを話すと、おりくは「そうかね」と心得顔で権次郎を見た。

「まあ、あんたもいろいろあったわけだ。あたしだってねえ、若い頃はそんな風に捨てた男が、二人も三人も」

「おい、馬鹿にしてんのか。一緒にしねえでくれ」

権次郎は面白くなさそうに、今度は汁椀《わん》を持ち上げてぐっと飲み干そうとしたが、しくじってむせた。おやおや、とおりくが眉を下げる。

「あんたは顔に似合わず、女に一途《いちず》なとこがあるから気を付けなよ」

「それァもっと若ぇ頃の話だ。それに、顔に似合わずは余計だ。畜生め」

権次郎がぶつぶつ文句を言っていると、おりくが急に手を叩いた。

「あっそうだ。言おうとして忘れてた。一刻ほど前だけどね、若い娘さんが、ここの前で菊坂を行ったり来たりしてたんだよ。入ろうか入るまいか、悩んでる感じで」

「若い娘さん？　初めて見る顔なの」

千鶴が聞くと、おりくはそうだと言った。

「何て言うか、あれは恋煩い、ってんじゃないけど、男絡みで何か抱えてるって感じだったねえ。権次郎さんの女云々で、思い出したよ」

「男絡みって、そう見えたのかい」

疑わし気な梅治の問いかけに、おりくは胸を叩く。

「伊達《だて》に年食っちゃいないよ。あたしの目には、確かにそう見えたね」

「占ってほしかったのかな。何で入って来なかったんだろ」

千鶴が漬物を嚙みながら言った。

「あたしが思うに、お金じゃないかね。うちへ頼むにゃ普通は二分、少なくても一分。それほどお金のありそうな子には見えなかったから、思い切りが要るんだろ」

「何かそう聞くと、気の毒になってくるな」

千鶴の占いは無論本物ではなく、要するに気休めで人をいい気分にさせる商売だ。金のある連中からいただくのに躊躇《ためら》いはないが、貧乏所帯から貰《もら》うのは気が引けた。だが、普通お金のない人は瑠璃堂に来ようなどと考えない。日々の暮らしに追われていては、占いなんかに頼っていられないからだ。

「でもねえ。ここに来る気になったってのは、ずいぶんと切羽詰まった思いがあるんだよ。たぶん、日暮れ前にもう一度来ると思うね」

おりくは請け合うように言った。

「それでも、お金は貰わなくちゃいけないしなあ」

「いいじゃないか。二分が相場と言っても決まった代金があるわけじゃなし、本人が払える分だけ貰えばいいだろう。話だけでも聞いてやれば、向こうは助かるんじゃないか」

梅治にそんな風に言われると、千鶴も気が軽くなった。

「そうだね。もし来たら、ちゃんと聞いてあげるわ」

それがいいよ、とおりくも微笑み、権次郎が無言で差し出した茶碗に飯を盛った。

六

その娘は、おりくの予感通り、日暮れ前の夕七ツ（午後四時）過ぎにやって来た。梅治は顔を見てすぐ、おりくの言っていた娘だと直感したようだ。控えに娘を案内すると、千鶴にその旨を告げた。

「湯島《ゆしま》の、お夏《なつ》って娘だ」

千鶴は、わかったと言って覗き穴に目を当てた。お夏は年の頃十七、八。まずまず整った顔立ちだ。着物は駿河屋の新店を見に行ったとき千鶴が着ていたのとよく似た、格子柄。ただしこちらは色褪《あ》せ気味の木綿で、古着だろう。手は少し荒れている。どこかの長屋の娘さん、という感じで、瑠璃堂では滅多に見ない客だ。

しかし、親も大家も伴わず、一人で来たのは何故《なぜ》か、と千鶴は考えを巡らす。そこに梅治が囁いた。

「案内するとき、微かに線香の匂いがした」

はあ、そうか。千鶴の頭の中で、お夏という娘の素性が組み上がった。千鶴は梅治に軽く頷くと、占いの間に入った。

千鶴の前に通されたお夏は、部屋の設《しつら》えに威圧されたように縮こまり、畳に額を擦《こす》りつけた。

「湯島から参りました、夏と申します。どうかよろしくお願いいたします」

「お夏さん、ですね。よくいらっしゃいました。どうかそのように硬くならず、楽にして下さい」

千鶴はできるだけ優しい声で言った。胸元はもちろん、きちんと閉じている。梅治も、暇人のお内儀たちにするような流し目などは慎み、静かに控えていた。

「は、はい、ありがとうございます」

おずおずと顔を上げるお夏に、千鶴が微笑みかける。

「今日、お店はお休みを取りましたか」

お夏は、びくっとしたようだ。小さく「はい」と答えた。

「親御さんのお墓参りに行かれたのですね」

お夏は目を見開いた。

「は、はい。父の月命日でございます。それでお店にお願いして、昼間はお休みをいただきました。どうしておわかりに」

「あなたを見ていれば、私にはわかります」

千鶴はできるだけ安心させるよう、微笑みを絶やさない。疑われても、畏怖され過ぎても良くないので、加減が大事だった。

墓参りに行ったのは、梅治が嗅いだ線香の匂いから推測した。一人でここに来たのは、親が既に他界しているからだ。娘一人で長屋暮らしとも思えないので、住み込みの奉公に違いない。手が荒れ気味なのは、水仕事の多い下働きだから。夕方近くまで迷った末、出直さずにここに来たのは、今日を逃すと次の休みがなかなか取れないからだ。たまに許された墓参りの機会を使って、瑠璃堂を訪れたのだろう。

「男の方についての、ご相談でしょうか」

再びお夏の目が大きくなる。

「あ……おっしゃる通りでございます」

お夏は、全てお見通しなのかと恐れ入ったようだ。これはおりくの勘だけではない。悩み事があって店の主人や番頭に相談していたら、占いに行くよう勧められたりはしないはずだ。相談し難かったのは、男絡みだから。占いを勧めたのは、年上の女衆だろう。大店の女衆を介して、瑠璃堂の評判はあちこちに広がっている。

「では、どのようなことか、話してみて下さい」

背中を撫でる如《ごと》くに千鶴に促され、お夏は俯き加減のまま話し始めた。


「実は私には、言い交わした人がいます。佐平《さへい》さんと言って、神田旅籠町《かんだはたごちょう》の長屋に住んでいた頃からの、幼馴染《おさななじみ》です」

母を早くに亡くし、畳職人だった父が死んでから、お夏は大家の世話で湯島の料理屋へ住み込みの奉公に出た。幸い遠くではなかったので、思い合っていた二人は逢引《あいび》きを重ねることができた。

「でも、佐平さんのおっ母《か》さんが大病を患って、お父《と》っつぁんは薬代と医者代を工面しようと博打に手を出してしまって。借金がいつの間にか、大きく膨らんで」

揚句に両親は相次いで亡くなり、佐平に借金だけが残った。それを返さなければ所帯を持てないと嘆いていたら、ある日突然、工面する当てが見つかったと言い出した。

「何でも、いい仕事に誘われたとかで。しばらく遠出をすることになるけど、心配しないで待っていてほしい、帰って来たら借金を綺麗にして所帯を持とう、と言ってくれたんです。それを聞いて私、涙が出るほど嬉しくて」

それが三月前のことだった。ところがそれ以来、佐平からの便りが全くないのだというう。

「どれほどの間、出稼ぎに行かれると言ってらしたのですか」

「三月か半年、もしかするともう少しかかるかもしれないが、長引くようなら文《ふみ》で知らせる、と言っていたのですけど」

「なのに音沙汰がないのですね。どこへ行かれているか、わかりませんか」

「わかっていたら訪ねても行けるのですが、教えてもらっていないので、こちらから文も出せません」

それで、佐平が無事なのかどうか、或いは考えたくないが、心変わりしていないかどうか、占ってほしいのだと言う。瑠璃堂のことは、やはり千鶴が思った通り、同じ店の年嵩《としかさ》の女衆に聞いたそうだ。

「どうかお願いいたします」

お夏は目を潤ませてひれ伏した。出稼ぎで三月ほど便りがない、というのはさして珍しくはないと思うが、これほど心配するのは、その稼げる仕事というのにどこか怪しさを感じているからに違いない。行き先がわからない、というのも確かにおかしい。

「わかりました。やってみましょう」

承知した千鶴は、占い台を引き寄せた。

「佐平さんのお年とお仕事は」

「はい。二十歳でございます。仕事は金細工の職人です」

金細工職人？　何かが引っ掛かったが、千鶴はそのまま占いの仕草を始めた。いつもの通り水晶数珠を振り、火鉢に火を立てる。そこからは、少し慎重になった。あまり楽観させるべきではない、と直感が告げている。かと言って、ひどく悲しませるようなご託宣も出したくなかった。ここは曖昧に行くしかなさそうだ。

千鶴は考えて、紫に見える炎を出した。赤とも青とも言えない色だ。

「少し難しゅうございますね」

千鶴は言った。

「今は幾らか難儀をされているかもしれません。ですが、信じてお待ちになれば、きっと便りはございましょう」

「それは……佐平さんは大丈夫、ということでしょうか」

お夏は、どう捉えるべきか困ったらしく、確かめるように聞いた。

「お夏さんは、佐平さんを信じていらっしゃいますか」

千鶴は直に答えず、問い返した。お夏は、はっきりと頷く。

「はい、信じております」

「では、心を乱さずにお過ごしなさい。もし何か変事があっても、きっといずれより
かの助けがございましょう」

「は……はい、わかりました」

お夏は神妙に千鶴の言葉を受け止めた。少しは気が楽になったようだ。

「一人で取り乱しましたようで、申し訳ございません。本日はありがとうございまし
た」

お夏は礼を言って懐に手を入れた。それから躊躇いがちに、紙包みを取り出した。

「あの……お恥ずかしゅうございますが、今はこれしか……どうかお許しを」

お夏は真っ赤になって顔を伏せた。千鶴もそこは承知しているので、気遣いは要ら
ないと笑みを見せる。

「構いません。あなたにとって無理のないものであれば、それでいいのです」

お夏はほっとしたらしく、肩の力を抜いて、ありがとうございますともう一度深々
と頭を下げた。

「あ、ところでお夏さん、一つお聞きしたいのですが」

「はい、何でしょうか」

　頭を上げたお夏は、僅かに首を傾げる。

「佐平さんのお出入り先に、堀江町の吉田屋さんというお店はありましたか」

「え？　いえ……出入りしていた小間物屋さんは知っておりますが、その中に吉田屋さんというお店はなかったはずです」

「そうですか。いえ、であれば忘れていただいて結構です」

　お夏はちょっと訝し気な顔をしたが、すぐ「はい」と一礼した。千鶴は梅治に目配せし、できるだけ気が楽になるよう丁重に送り出させた。

　権次郎が座敷に入って、紙包みを開き、入っていた銭を数えた。

「二百五十文。ちょうど一朱分だ。あの娘としちゃ、結構頑張ったんだろうな」

「有難くいただきましょう。返すと却って気にするでしょうから」

　そうだな、と権次郎は言って、一朱分の銭を金箱に納めた。

「最後に聞いた話だが」

　権次郎が水を向ける。

「吉田屋の内儀が縁談の占いに来たとき、言ってたことだな」

　あの時は権次郎も、襖の裏で聞いていたはずだ。千鶴は頷いた。

「三月前から遠くへ稼ぎに出たって金細工職人の話を思い出して、それが佐平さんかなと思ったんだけど、違うみたいね」

「ああ。だとすると、同じ頃に金細工職人が二人、出稼ぎに行くと言って消えたわけだ。こいつは面白ぇな」

　そこへ梅治が戻ってきた。

「何だ、金細工職人の話か」

「そうよ。どう思う」

　権次郎と梅治が、顔を見合わせる。答えは明らか、と言いたいようだ。

「贋金造りが関わってるかもしれねえな」

　権次郎が、はっきり口に出した。それよね、と千鶴も言う。

「だとすると、他にも消えた職人がいるんじゃないかな」

　よし、と権次郎が手を打つ。

「当たってみよう。相談を受けてる目明しがいるかもしれねえ」

「じゃあ俺は、佐平の周りを探ってみよう。どれほどの借金を抱えていたかも知りたい」

　梅治が言うのに、頼むわよ、と千鶴が強い声をかけた。

「お夏さんに黙って待てと言った以上、何か結果を出してあげないとね」

「ああ。これが首尾よく贋金造りに繋がりゃ、万々歳だ」

三人は額を寄せて頷き合った。

丸二日かけて調べ回り、日暮れに帰ってきた権次郎は、意気揚々としていた。

「もう一人、見つけたぜ」

それは下谷《したや》に住む太助《たいすけ》という男で、二十八になるという。腕はいいのだが博打好きで、いつも金に困っており、去年の暮れに女房に逃げられて、独り身だったそうだ。

「消えたのは春頃だ。こいつが一番先だったようだな」

「都合三人か。もっといるかもしれないね」

時期がずれているのは、小判から一分や一朱に切り替える際に人手を増やしたからではないか。

「短い間に贋金を江戸中にばら撒《ま》けるほど作るにゃ、あと一人二人、要るかもな。あそれから、吉田屋に出入りしてた職人のことも聞いておいたぜ」

その職人は敏造《としぞう》と言って、齢は二十四。吉田屋から七町（約七六〇メートル）ほどの村松町《むらまつちょう》の長屋住まいだった。

「深い仲の女がいるってんで、そっちも当たったんだが、芸者上がりの年増でな。敏造の方で熱を上げてたんで適当に相手してやってたようだ。敏造は確かに近頃姿が見えないとは言ってたが、別に心配してるようでもなかった。どうも、他に本筋の男がいるらしい」

　やれやれ、敏造とやらも気の毒に。

「じゃあ三人とも、女房子供のいない独り者ってわけね。そういうのを選んだのかな」

「ああ。しばらく姿を消しても、大騒ぎされないようにな。お夏のことだけは、目算違いだったのかもしれねえ」

　お夏が騒いだとしても、奉行所はまともに取り合わないだろう。瑠璃堂に来てくれて幸いだった。

　それから四半刻《しはんとき》（約三十分）で、梅治も戻った。こちらはさほど多くを摑めなかったようだ。

「佐平が母親の病気と、父親が博打でしくじったための借金を抱えてるのは確かだ。初めに借りてたのは義理のある相手だったんで、佐平は他所から借りた金で返したらしい」

「幾らなの」

「十五両ほどだ。それほどの金高を借り換えるとなると、普通じゃ難しい」

「闇の高利貸しから借りたのね」

「たぶんな。聞き回ったんだが、相手はまだわからん。佐平もどこから借りたかは隠してたようだ」

「返せる当てはなかったでしょうに、よく貸したわね」

そこへ権次郎が口を挟んだ。

「たぶん、お夏さんだ。あの娘も、親を亡くして一人だろ。佐平の借金を肩代わりさせて、岡場所へ売り飛ばそうと考えたんじゃねえか」

「だとしたら佐平さんも、とんでもないのを相手にしちまったわね」

腹立たしいが、決して珍しい話ではない。佐平もそれに気付いて、多少怪しげな話であっても、借金を返すため出稼ぎの誘いに乗ったのだろう。

「その高利貸し、贋金一味と繋がってるってことはないかな」

「あるかもしれねえ。承知の上で佐平を売ったか、嵌めたってのは考えられる。けど今のところは、何とも言えねえな」

やはりまず、その金貸しを見つけ出さなくてはなるまい。そこへおりくが、夕餉ができたと呼びに来たので、一旦その話はお開きになった。

翌日、梅治は金貸しを見つけるため、また出かけて行った。瑠璃堂の仕事は、権次郎が代わった。幸いその日は男の客ばかりで、梅治の流し目は必要ではなかった。

「まずまずだな、今日も」

三人ほどの客に応対し、一両一分を稼いで一段落したところで、権次郎が伸びをした。表でも掃いてくると言って、裏手から竹箒《たけぼうき》を取り出す。千鶴も体を伸ばしたくなって、巫女姿で外に出た。今日は秋晴れで、気持ちのいい青空が広がっている。

表の小さな門のところに出て、菊坂を見渡した権次郎が、ふいに固まった。その目は、坂の上の方に向けられている。どうしたのかと声をかけようとすると、権次郎の口から呻《うめ》くような声が漏れた。

「お蓮……」

えっと思って門から出てみる。坂を上り切ったところに、女が立ってこちらを見ていた。間違いない、お蓮だ。

権次郎とお蓮は、ほんの少しの間、互いに見つめ合っているようであった。が、すぐに権次郎が竹箒を投げ出した。

「お蓮！」

一声叫ぶと、権次郎は菊坂を駆け上がった。それを見たお蓮は、ぱっと身を翻し、坂の向こうに消えた。千鶴は追いかけようとして、思いとどまった。これは千鶴が口を挟む話ではない。

菊坂を上り切った権次郎の姿も、見えなくなった。だが間もなく、権次郎が坂の上に現れ、肩を落としてふらふらと戻ってきた。

「見失っちまった」

ぼそりとひと言漏らすと、権次郎は瑠璃堂の中へ入って行った。お蓮が四谷に帰るなら、本郷の通りを南に下りて、神田川《かんだがわ》から御堀沿いに行くはずだ。女の足なら追いつけると思えたが、権次郎にそうする気はないようだった。

権次郎は溜息をつくと、座敷に上がって胡坐をかいた。

「権次郎さん、追わなくていいの」

言ってみたが、権次郎はかぶりを振る。

「俺がここにいるってことを、確かめに来ただけだろう。会っていいと思ったなら、隠れやするめえよ」

お蓮にその気がないのなら、追いかけても仕方がない。それもそうだと思った千鶴は、それ以上言わなかった。

権次郎は、この日お蓮を追わなかったことを、後でずいぶんと悔やんだ。

七

二日後の朝早くのことである。朝餉を済ませ、そろそろ着替えて商売の用意をしようと思っていたとき、ばたばたと騒々しい足音が聞こえた。続いて、大声が響く。

「梅治兄貴、権次郎親分、いますかい」

亮介の声だった。

「ああ、何だい朝っぱらから」

梅治が答えて、縁側に出た。亮介はかなり急いで来たらしく、荒い息をついている。変事が起きたと直感した千鶴たちは、真顔になった。

「おい、何があったんだ」

梅治が急《せ》かすと、亮介はどうにか息を整えた。顔色が青い。

「この前から探れって言われてた、四谷の貸元のお蓮って女ですが、昨夜《ゆうべ》、夜中に殺されやしたぜ」

一瞬、息が止まった気がした。先を聞こうとしたとき、権次郎が飛び出して亮介の胸ぐらを摑んだ。

「何て言いやがった。お蓮が殺されただと！」

「へ、へい。俺ァ昨夜から賭場に入り込んで、四谷に泊まってたんですが、朝早くに様子を見たらいきなり子分どもが血相変えて飛び出て来たんで。それで後を追ったら……」

「どこだ。どこで殺《や》られた」

「元飯田町《もといいだまち》の番屋に……」

そこまで聞くと、権次郎は亮介を放り出して駆け出した。千鶴と梅治も、大急ぎで後を追った。

菊坂台から元飯田町までは、小石川《こいしかわ》御門を抜けて南へ二十町（約二・二キロ）余りだ。千鶴たちは、そこを一気に駆けた。走って来た道をまた駆け戻らされた亮介は、もう青息吐息だ。先を行く権次郎は、周りの何も目に入らない様子だった。

やっとのことで追い付いた梅治と千鶴が、駆けて来た勢いそのままに元飯田町の番屋に飛び込むと、権次郎は土間に膝をついていた。奥の隅っこには、真っ青な顔をした男が三人ばかり固まっている。風体からすると、お蓮の手下たちだろう。土間には筵《むしろ》が二つ。権次郎はその一つをめくって、死骸をじっと見つめている。

それは間違いなく、お蓮だった。呆然《ぼうぜん》としたような表情を浮かべたままだ。前から袈裟《けさ》懸《が》けに斬られ、裂けた着物の前が開き、胸元が見えている。深い刀傷が目に入り、千鶴は凄惨さに息を呑んだ。梅治が権次郎の傍らに屈み、お蓮の着物を直してやった。

「誰が……誰がやりやがった」

権次郎の呻きが聞こえた。肩がぶるぶると震えている。千鶴は、かける言葉もなかった。

「おい権次郎。お前、お蓮に会ってたのか」

奥から声が飛んだ。はっとしてそちらを見ると、小上がりに三十過ぎの顔だけは武骨そうに見える同心が座っていた。小原田藤内だ。

「あ……小原田様」

千鶴が頭を下げると、権次郎もゆっくり顔を上げた。小原田は権次郎の前に下り、しゃがんで話しかけた。

「お蓮が四谷伊賀町で賭場を開いてから、お前はそっちに出入りしてたのか」

聞くならもう少し権次郎さんが落ち着いてからにして、と言いたかったが、権次郎は正面から小原田を見つめた。日が異様な光を放ち、小原田がたじろぐ。

「誰の仕業だ」

「誰って、それを調べようとしてるんだろうが」

小原田は、凄味《すごみ》を帯びた権次郎に気圧《けお》されていた。

「だがこの手口だ。袈裟懸けに斬って、止《とど》めに胸を刺してる。侍だろうが、かなりの腕だ。匕首を出したようだが、役に立たなかったんだな。手下も連れてたのに」

小原田はもう一つの筵を、顎で指した。梅治がそちらの筵をめくってみる。まだ若い男だ。袈裟懸けに斬られているのは、お蓮と同じだった。

「どこで殺されたんです」

梅治が尋ねた。小原田は隠すことなく話してくれた。

「この先、御堀沿いの旗本屋敷が並んでる辺りだ。夜中の九ツ（午前零時）頃、夜回りが見つけた。殺られたのは、五ツ半（午後九時）頃だろう。その時分じゃ、あの辺に人通りはねえ」

「どこへ出かけたんでしょうね」

小原田は、肩を竦めた。

「さあな。この後で代貸に詳しく聞かなきゃならねえ」

ここでようやく、足をよろめかせながら亮介が着いた。体を半ば二つ折りにして荒い息を吐きながら、梅治の方を見やる。それから男の死骸の顔を指差し、言った。

「ああ、賭場にいた若いのだ。お蓮さんのとこの手下に違いありやせん」

それはもうわかってる、と小原田が顔を顰《しか》める。

「恭太《きょうた》って奴だ。喧嘩には強ぇんで、用心棒代わりに連れ回してたようだが、今度ばかりは相手が悪かったんだな」

小原田が死骸を見下ろして言った。千鶴は思い出して聞いた。

「賭場の用心棒には、浪人がいたんじゃないんですか」

「ああ。通いで来てる奴が一人。だが飲んだくれで、お蓮に色目を使ってくるんで気に入らなかったらしい。もっとも、そいつがいたところで敵《かな》わなかったろうがな」

小原田は小馬鹿にしたように答えた。

「おい千鶴。お前たち、何か知ってるのか。お蓮は殺されるようなことを、何かやってたのか」

「いいえ。賭場を閉めようかどうしようかと、占いに来られただけです」

「賭場を閉める？」

　小原田は眉間に皺を寄せる。

「そんな話は、聞いちゃいねえぞ」

「ええ、私も少し妙な感じを受けましたので、この亮介さんに調べていただいておりました」

　千鶴は正直に言った。亮介は恐れ入ったように小さくなり、間違いありやせん、と応じた。

「それで、何がわかった」

「いえ、まだ何も。賭場を閉めそうな様子はない、ということぐらいです。何しに来られたのか、今一つ合点がまいりません」

「そうか。てことは、だ」

　小原田はお蓮の亡骸《なきがら》の脇で歯を食いしばっている権次郎に、目線を向けた。

「お蓮との七年前の関わりについちゃ、俺も承知してる。お蓮が江戸に舞い戻ってから、会っちゃいなかったのか」

「一度も、会っちゃいねえ。江戸に戻ってたことも、噂でしか知らなかった」

権次郎がいつもと違う低い声で、ぼそりと言った。

「一昨日《おととい》、菊坂で遠目に顔を見た。それだけだ」

「お蓮が瑠璃堂に来たのは、お前が目当てじゃなかったのか」

それは千鶴も思っていた。お蓮は権次郎の様子を探りに来たのかもしれない。だが、何のために。よりを戻す気なら、そんな回りくどいことは要らないだろう。

「こいつの考えてたことなんざ、わかりやせんよ」

権次郎は、吐き出すように言った。

「だが瑠璃堂に来た後、一昨日また菊坂に姿を見せたんだろ。お前に何かあるとしか……」

権次郎はそこで小原田を遮った。

「仇《かたき》を取ってやる」

「何だって?」

小原田が驚いた様子で権次郎の顔を見る。権次郎はお蓮の亡骸にじっと目を向けたまま、誓うように言った。

「こんなことしやがった奴には、必ず落とし前をつけさせてやる」

権次郎はいきなり立ち上がり、ぷいっと背を向けると、番屋を出て行った。小原田は止めるのも忘れ、唖然《あぜん》としている。千鶴は後を梅治に任せ、急いで権次郎を追った。

御堀沿いに少し行った、丹波園部《たんばそのべ》二万六千石小出《こいで》家の屋敷の端辺りで、権次郎に追い付いた。その先は、護持院《ごじいん》という大きな寺があったところで、火事で焼けて他所へ移り、今は護持院《ごじいん》ヶ原《はら》という火除《ひよ》けの空き地になっている。権次郎はその角に立って、屋敷の土塀をじっと見ていた。

「権次郎さん？」

千鶴が声をかけると、権次郎は土塀の下の隅を指した。そこを見て、千鶴はぎくっとした。石に、血が飛んだ跡がある。

「ここで殺られたらしいな」

権次郎は塀から目を上げ、周りを指した。

「大名屋敷の塀と空き地と堀に囲まれたところだ。たまたま誰か通りかからねえ限り、争う音や声を聴いた奴もいねえだろう」

権次郎の言う通りだった。人を襲うには、都合のいい場所だ。

「さっきは取り乱しちまった。済まねえ」

だいぶ落ち着いたらしく、権次郎は詫びを言った。千鶴はかぶりを振った。

「気にしないで。あんなひどいものを見ちまったんだもの」

権次郎は、ああ、と呟いてから、ぐっと拳を握った。

「悪いが千鶴さん、贋金のことはしばらく任せるぜ」

「任せるって……じゃあ、あんたはお蓮さんを斬った奴を追うつもりね」

権次郎は正面から千鶴と向き合った。目に強い光があった。

「お蓮は、俺に話があったんだ。殺されることになった何かについてな。たぶん相当な厄介事で、今の俺が頼りにできるかどうか、見極めようとして探りを入れてたんだろう。だったら応えてやらなきゃ、俺の男が立たねえや」

わかった、と千鶴は返事した。危ないからやめておけとは言えなかった。

「四谷に行ってくる」

権次郎はそう言い残すと、身を翻して雉子橋《きじばし》の方へ向かった。

その日、権次郎は昼餉にも夕餉にも戻らなかった。おりくは心配したが、千鶴はしばらく好きにさせておくつもりだった。


梅治は、夕方には帰って来た。それまで瑠璃堂は、千鶴一人で回さなくてはならなかった。受付だけおりくに手伝ってもらったが、幸い客は少なく、二人を相手しただけで済んだ。

「悪かったな、ここを空けてしまって」

梅治は済まなそうに言ってから、表の戸を閉めて店じまいした。

「権さんはまだか。やっぱり、お蓮さんのことを調べに行ったか」

「そうなの。相当な覚悟って感じだった」

おりくが、権次郎は妙に一途なところがあると言っていたのを思い出す。

「権さんのことだから、滅多なことはないと思うが」

腕組みした梅治は、まだ心配げだ。それを払うように、千鶴が尋ねた。

「梅治の方は、何か摑めたこと、ある？」

「いや、お蓮さんのことについちゃ、小原田さんも何も摑んでないな。お蓮さんの手下たちには話を聞いたはずだが、実のある話は引き出せなかったんじゃないか」

それでも、と梅治は続けた。

「佐平については、仲の良かった職人を見つけた。消える前に佐平はそいつにも、いい稼ぎになる仕事があるからしばらく留守にする、と言ってたそうだ」

「どんな仕事かは、やっぱり言ってなかったの」

「ああ。だがその職人、借金が返せるほど稼げるなんて、話がうま過ぎないかと疑ったんだ。そう言ってやったら佐平も、確かにちょっと危ない橋かもしれねえが、借金を何とかして所帯を持つにゃ、これに乗るしかねえんだ、と腹を括《くく》ってたらしい。お夏にゃ言ってくれるな、とも念を押していたとさ」

「じゃあ佐平さんも、危ない仕事かもって承知の上だったわけね」

そこまで切羽詰まっていたのか。どんな因業な金貸しから借りてたんだろう。

「金を貸してた奴はまだ割り出してないが、闇の高利貸しで佐平が近付ける奴は、そう多いわけじゃないだろう。順に当たれば、じきに見つかるさ」

梅治が、千鶴の気分を読んだように言った。

「だが金貸しを見つけても、そいつが佐平の居所を知ってるとは限らないぜ」

「わかってる。佐平さんが少しでも返したのかどうか、知りたいのよ。一度でも返してたら、次の分を返すためにまた金貸しのところへ来るでしょう」

「そうか。そこで摑まえればいいわけだ」

梅治は得心して、二、三度頷いた。

「しかし権さんがいないなら、ずっとここを空けるわけにもいかないな。亮介をまた使うか」

頼むわよ、と千鶴は言った。

八

小原田藤内がやって来たのは、朝一番で来た客が帰ってすぐのことだった。

「おう。昨日はわざわざご苦労だったな」

梅治に案内されて座敷に上がった小原田は、幾分皮肉めいた言い方をした。

「そろそろおいでになるかと思っておりました」

千鶴はにこやかに応じる。小原田はこれ見よがしに、瑠璃堂の中を見回した。

「権次郎は、いねえようだな」

「はい。出かけております」

「どこへだい」

「さあ。いつもあちらこちらと回っておりますので」

小原田は、ふん、と鼻を鳴らした。

「昨日あの後、四谷で奴を見かけたぜ。俺たちがお蓮の賭場へ調べに行ったときだ」

「まあ、左様でしたか」

「俺たちを見ると、どっかへ行っちまったがな。あいつも賭場を探りに来たんだろう」

権次郎は賭場に行ったものの、小原田の姿を見て引っ込んだのだろう。どうせ今も、小原田の指図で誰かが賭場を見張っているに違いない。まだ帰らないところを見ると、権次郎は賭場で聞き込むのを諦め、辺りを嗅ぎ回っているのかもしれない。

「賭場では何かわかりましたか」

梅治が聞いた。小原田がじろりと睨む。

「いいや。代貸も手下どもも、何も知らねえの一点張りだ。お蓮はどこへ行ってたのかと聞いても、賭場の借金の取り立てだと思う、としか言いやがらねえ」

「どなたも、ご存じないのですか」

それは頷き難い。小原田は「さあな」と言ったが、目付きを見ると、やはり同じ考えのようだ。代貸たちは何か知っていて、口をつぐんでいるらしい。

「それより権次郎だ。奴にはもっといろいろ聞きてえ」

「でも権次郎さんは、七年前に別れて以来、この前一度、菊坂で遠目に顔を見ただけなんですよ。番屋でそう申しておりましたでしょう」

「そいつを鵜呑みにするわけにはいかねえ。奴には、七年前の恨みがあるはずだ」

「恨み？　まさか権さんが手を下したとでも？」

梅治が呆れたように小原田を見た。

「斬ったのは侍なんでしょう。権さんに袈裟懸けの一太刀なんて、できるわけがない」

「誰か雇ったのかもしれねえ」

千鶴は、笑い出しそうになるのを堪《こら》えた。あまりにもいい加減な話だ。

「番屋で、仇を取ってやる、と言ったときの権次郎さんの様子、ご覧になりましたでしょう。あの思いに、嘘はございません」

千鶴は、きっぱりと言った。小原田も、さすがに居心地悪そうに目を逸らした。

「まあいずれにしろ、だ。権次郎が帰ったら、すぐ俺に知らせろ」

「そちらに伺うよう、申し伝えておきます」

千鶴が請け合うと、小原田もそれ以上は言えないようだった。咳払《せきばら》いすると、話を変えた。

「ところで、半月ほど前に、駿河屋が来ただろう」

おや、そちらの話か。駿河屋のことを言い出すなら、やはり小原田は贋金の件をずっと追っているのだ。

「はい。もともとはお店を移られることのご相談をお受けしていたのですが、その後、贋金の騒動に巻き込まれたとかで」

「占いの通りに店を移ったのに、災難に見舞われたと文句を言いに来たか」

その通りなので、千鶴は曖昧に笑った。小原田は、馬鹿馬鹿しいと頭を振る。

「占いで何もかもうまく行くなら、今頃江戸中の占い師はみんな御大尽だ。両替商なんて堅い商いをやっていながら、駿河屋も情けねえな」

小原田にしては珍しいくらい、極めて真っ当な言いようだ。千鶴は、恐れ入ります、と嬉しげに微笑んでぐっと頭を下げた。小原田の目が千鶴の胸元に吸い寄せられ、鼻の頭がほんのり赤くなった。

「金箱がすり替えられたということですが、やっぱりあの贋小判を流したのと、同じ奴らの仕業でしょうかね」

梅治が探るように聞く。小原田はあっさり認めた。

「そうに決まってる。手口はそっくりだし、これだけのことをできる奴らが、何組もいてたまるか」

言ってから小原田は、梅治と千鶴に恨みがましい目を向けた。

「まったくお前らが、もうちっと早く俺を呼んでりゃ、あの野郎を逃がさずお縄にできたってのに」

追い詰めた贋金造りの男を取り逃がしたとき、小原田を待たずに洗いざらい聞き出そうとして失敗したのは確かだ。だが小原田がいれば取り逃がさずに済んだかというと、それはかなり怪しかった。無論ここではそんなことを言わず、神妙に詫びておく。

「それにつきましては、本当に申し訳ございません」

小原田も、自分だけではあの男に辿り着けなかったろうと思っているらしく、それ以上は言わなかった。

「まあいい。その駿河屋の贋金についちゃ、お前たちの耳に入ってることはねえのか」

「いえ、引越しの荷車がぶつかった隙にすり替えられたんだろう、ということぐらいで」

それは小原田も承知しているようで、残念そうに「そうか」と言った。

「占いの方じゃどうだ。駿河屋に言われて、贋金について何か占ってやしねえか」

あらまあ、と千鶴は内心で嗤《わら》った。この旦那、またしても捕物に占いを当てにする気なのね。見料貰えれば占うけど、それでわかるわけないじゃない。

「さすがにそれはございません」

千鶴が答えると、小原田は照れ隠しのように、もっともらしい顔で顎を掻いた。

「しかし勘定所のお役人まで乗り出しておられるようで、御上もこの一件、ずいぶん重く見てらっしゃるようですねぇ。小原田様も何かと大変でしょう」

愛想のように梅治は言った。千鶴は、おや、と思った。勘定所の役人は、駿河屋に自分たちが来たことは八丁堀にも言うな、と釘を刺していったのではなかったか。

案の定、これを聞いた小原田は眉をひそめた。

「勘定所が乗り出してるだと？」

「え？　ええ、駿河屋さんに勘定所から、何かお偉い方が来られてたようですが。ご存じなかったですか」

「いや、聞いてねえ」

小原田の顔が硬くなる。

「その話、どこから聞いた」

「いえ、駿河屋さんに入るのをたまたま目にしましてね。近くにいた誰かが、あれは勘定所のお人じゃないか、なんて言ったのを小耳に挟みまして」

小原田は疑わしげな目付きになったが、さらに聞いてきた。

「確かめたわけじゃねえんだな」

「はい。ですが、配下の方らしいのをお二人連れてたんで、組頭とか、そこそこ偉い方じゃないかなとは思いましたけど」

梅治は、女衆から聞き出した話をさりげなく伝えようとしている。小原田は、さらに難しい顔になった。

「小原田様、どうかなさいましたか」

千鶴が気遣うように聞くと、小原田は少し迷う様子ながら言った。

「ちっと解せねえな。勘定所ならわざわざ出張るんじゃなく、駿河屋の主人を呼び出せばいいはずだ。まして、組頭みてえな上のお方が直々に出張るなんて、まずありそうにねえんだが」

「そうですか。なら、思い違いかもしれませんね。失礼しました」

梅治が軽く謝ったが、小原田は何か考え込んでいるようだ。そのまま黙っていると、小原田は急に脇に置いた大小を摑んで、立ち上がった。

「邪魔したな。また何かわかったら、知らせろよ」

それだけ言い残し、そそくさと立ち去った。千鶴と梅治は、顔を見合わせる。

「勘定所のお役人のこと、どう思う」

「普通は出張ることはないのに出張った、てことは、駿河屋の店を直に調べたかったか、勘定所に呼びたくなかったか、どちらかだろうな。しかも八丁堀を関わらせたくなかった。こりゃあ、面白い」

梅治は薄笑いを浮かべて、独りでしきりに頷いている。

「調べる値打ちはありそうだな」

九

その日の夕餉に間に合うよう、権次郎は帰って来た。

「あれ、二日もどこへ行ってたんだい。今日も夕飯に戻らなかったら、どうしようかと思ってたよ」

おりくが、焼こうとしていた魚を指して言った。

「いや、悪いな。あちこち回ってたんでよ」

手を振って座敷に上がった権次郎に、おりくが顔を寄せた。

「聞いたよ、お蓮さんのこと。気の毒だったねぇ」

「いや、その話は」

権次郎が、悪いな、というように手で遮ったので、おりくは察し、黙って厨《くりや》に戻った。権次郎は畳にどすんと尻をつくと、千鶴と梅治に向き合った。

「賭場には小原田の旦那が目明しを張り付けてたんでな。直に入り込めなかった。四谷の安宿に泊まって、聞き回ってみたんだが、大したことはわからねえ」

「小原田さん、権次郎さんを捜してたわよ。まだいろいろ聞きたいって」

「そうかい。明日にでも、顔を見せてやるか」

どうでもいい、という風に権次郎が言った。

「賭場での揉め事ってのは、やっぱりなかったのか」

「ああ。亮介が調べた通りで、新しいことは何も出なかった。ただ、半月ほど前にな、お蓮が何かで怒ってたのを、常連の客が見てた。ここに占いに来る三、四日前だ」

「何で怒ってたの」

千鶴が聞くと、権次郎はかぶりを振った。

「それが、よくわからねえ。馬鹿にしやがって、と代貸と一緒に怒鳴ってたようだが、途中で、いや、これはやりようによっては金になる、なんて言ったのが聞こえたそうだ」

「馬鹿にしやがって、の後、金になる、と。強請りかしらね」

「そこで客に聞こえるかもと気付いて、話をやめたらしい。流れからすると、確かに強請りみてぇに聞こえるが、正直何とも言えねえ」

権次郎は、残念そうに頭を叩いた。

「そう。わかった、権次郎さん疲れたでしょう。ゆっくり休んで」

千鶴が肩に手を置くと、権次郎は「済まねえ」と俯いた。お蓮のために、一刻も早く何か摑みたかったのが思うように行かず、がっくり来ているのだ。そこへおりくが気を利かせ、盆に徳利《とっくり》を二本載せてきた。権次郎はほっとしたように盃《さかずき》を取ると、千鶴が注《つ》いでやった酒を、一気に干した。

夜中、千鶴は物音で目を醒《さ》ました。鼠や猫の類いではない、もっと重い何かが庭を這《は》い回るような音。誰かが瑠璃堂の敷地に、入り込んでいる。

千鶴は、そっと布団から出た。寝ているのはお堂ではなく、隣の建物だ。こちらは縦長の普通の家で、厨や風呂場を備え、寺の庫裡《くり》に当たる。瑠璃堂は仕事場で、こちらが住まいなのだ。

息を殺して廊下に出ると、隣の部屋から梅治が出て来る気配がした。やはり音に気付いたようだ。用心して、行灯《あんどん》は点《つ》けなかった。二人は黙って身構える。盗人《ぬすっと》の類いなら、それらしい邪気が出ているはずだが、千鶴には感じ取れなかった。

　ふいに廊下の雨戸が叩かれた。ぎくっとしたが、ごく控え目な叩き方に安堵する。相手は、押し入ろうとしているわけではなさそうだ。雨戸に寄って身を屈めると、続いて小さな声が聞こえた。

「おい、おい、権次郎さん、いるのかい」

　聞いたことのない声だ。千鶴の肩に、梅治の手が触れた。下がっていろ、ということだ。千鶴はおとなしく、座敷の襖まで下がった。

　梅治が、そっと雨戸を開けた。この雨戸は、軋《きし》んで音が出ないよう、しっかり手入れされている。一尺（約三〇センチ）余りの隙間ができると、誰かが顔を突っ込んだ。月明かりで影はわかる。男だが、顔までは無論、見えない。

「権次郎さんか」

　相手が問うた。梅治が声を殺して答える。

「ここにはいないが、すぐ呼べる。あんたは誰だ」

「あんた、権次郎さんの仲間か。四谷の賭場から来た、と言えばわかるか」

　えっ、と千鶴は声を出しそうになった。

「ああ、わかる。もしかして、あんたは代貸か」

影が頷くのが微かにわかった。梅治は千鶴に向かって言った。

「権さんを呼んでくれ」

千鶴はすぐに立ち、裏手から庭に出た。こんな急なときの合図は決めてある。千鶴は塀際の桶《おけ》の中から、長い紐《ひも》を付けた鞠《まり》を取り上げた。塀から覗くと、権次郎とおりくの住まう長屋の屋根が、月明かりにはっきり浮き出ている。千鶴は鞠をそちらめがけて放り投げた。何度も試してあるので、夜でもしくじることはない。

鞠は狙い違《たが》わず、長屋の屋根に落ちた。とん、という音が千鶴の耳にも届く。少し待つと、長屋の戸が開く音がして、黒い影が飛び出すのが辛《かろ》うじて見えた。ちゃんと権次郎に伝わったようだ。千鶴は安堵して家に戻った。

廊下に行くと、梅治はその男を既に上がらせていた。千鶴は差し込む月明かりを頼りに、行灯に火を点けた。それを見て、梅治が雨戸を閉める。男の顔が、ようやく見えた。年は権次郎と同じくらいか。狐《きつね》顔で、頬に傷がある。亮介の言っていた、代貸の駒十に間違いないようだ。

間もなく裏手で足音がして、権次郎が入ってきた。駒十の姿を見てぎょっとするが、すぐにお蓮の代貸だと気付いたようだ。千鶴と梅治に頷くと、駒十の前に座った。

「あんた、駒十だな。俺が権次郎だ」

駒十は、ほうっと息を吐いた。

「やれやれ、いてくれたか。あんたに話がある」

「話だと？　殺しのことだな」

権次郎の肩に力が入った。

「誰の仕業だ」

駒十が手を上げて制した。

「慌てねえでくれ。順に話す。初めは、半月ちょっと前だ」

権次郎が常連客から聞いた、お蓮たちを怒らせたことに違いない。千鶴と梅治は、息を詰めた。

「うちの常連で、仁吉郎《じんきちろう》って金貸しがいる。ヤサは、三河町《みかわちょう》だ。そいつがうちの賭場で、贋金を使いやがった」

贋金、のひと言で、三人は目を剝いた。ここでその話が出るとは。

「贋金だと？　確かなのか。どうしてわかった」

「仁吉郎の奴、一朱金をまとめて十五枚も出しやがった。そういう出し方をする奴は少ないから妙に思ったんだが、受け取ってみると、どうも軽いような気がしたんだ。で、念のため量ってみたのさ」

なるほど。一枚ずつならわかるまいが、十五枚まとまると、金を扱い慣れている者には僅かな差が感じ取れたのだろう。

「俺たちは、仁吉郎の奴に騙《だま》されたと思って怒ったんだが、考えてみりゃ、あいつには贋金使いなんて大それた悪さをする頭も度胸もねえ。それで思い出したのは、この前の贋小判騒ぎだ。こりゃあ、同じ奴がまた動き出したんじゃねえかと見当を付けたわけさ」

　その辺は、千鶴たちや八丁堀の読み筋と同じだ。この連中も抜け目がない。

「そこで貸元が言い出したんだ。こいつはうまくすりゃ、金になるってな」

「贋金の一味を探り出して、強請る気だったのか。いや、一枚嚙ませろと言うつもりだったんだな。そうだろ」

　権次郎が迫ると、そうだと駒十は認めた。

「で、貸元は恭太を連れていろいろ当たったんだ。するてぇと、贋小判の騒ぎのとき、あんたらが嗅ぎ回ってたと小耳に挟んでな。権次郎さん、あんたは貸元と曰《いわ》くがあるだろ」

「ああ……まあな」

　権次郎は苦い顔をしたが、駒十は構わず続けた。

「それで貸元は、あんたも引き込もうと考えた。けど昔のことがあるからな。あんたがどう思ってるか、知っとかなきゃならなかった。で、占いを口実にここへ来たんだ。あんたがいたら、偶然出会ったってことで、詫びを入れるつもりだったかもしれねえが、その辺まではわからねえ」

権次郎が、何とも言えない顔になった。お蓮は本当によりを戻す気だったのか。千鶴は、お蓮の身になって考えてみた。江戸に戻ってから、お蓮には心から頼れる相手がいなかったはずだ。大きな企みを前にして、浮かんだのは権次郎のことだったのだろう。かつて抽斗の書き置きに残した言葉に、偽りはなかったのかもしれない。

だがいろいろ調べるうちに、今の権次郎はそうした悪だくみには乗らない、と気付いたのだ。菊坂に現れたのは、もう会わないと決めて未練を断ち切るため、一目だけ権次郎の姿を見たかったからではないか。

「結局貸元は、あんたを引き込むのを諦めて、恭太を連れて仁吉郎のところへ行ったんだ。脅して、贋金の出所を吐かせる気だったようだ。ところが、その帰りにあんなことになっちまった」

「贋金の連中が、嗅ぎ回る邪魔者を消したってわけか」

権次郎が呻くように言った。だとすると、仁吉郎という男は、贋金造りの誰かとかなり近い立場にいると考えられる。

「畜生め」

権次郎が、拳で畳を打った。行灯に照らされた顔に、苦悶《くもん》が浮かんでいる。お蓮はなんで俺に話してくれなかった、という思いなのだろう。

「俺が知ってるのは、そこまでだ。悪いが、これで消えさせてもらう」

「四谷に帰るのか」

「いや、このままじゃ俺も危ねえと思って、賭場を見張ってる目明しの目を盗んで抜け出したんだ。他の手下どもは、もう逃げた。俺には女がいてな。そいつを連れて、江戸を出る」

わかった、と権次郎が言うと、駒十はさっと雨戸に手を掛け、外に身を躍らせた。

じゃあな、と言う声と、駆けて行く足音が聞こえ、後は静かになった。

雨戸を閉めた梅治は、急な成り行きに目をぐるぐる回した。

「たまげたな。ここで贋金の話と繋がるとは」

権次郎は唇を噛んでいたが、やがて凄味を帯びた声で言った。

「これで贋金の奴らを捨てておけねえ理由が、はっきり一つ増えたぜ」

梅治はまた眉根を寄せる。

「しかしそいつら、お蓮さんたちを躊躇いなく始末した、血も涙もない連中だぞ。下手に手を突っ込むと……」

「前からわかってたことじゃない」

千鶴が言った。

「そいつら、たぶんお蓮さんがここに来たのも知ってる。前からの因縁もあるし、こっちが手を出さなくても向こうが許しちゃくれないよ」

「千鶴さんの言う通りだ」

権次郎が梅治を睨むようにして言った。梅治も認めて、溜息をつく。

「仕方なさそうだな。じゃあ、明日早速、仁吉郎って金貸しのところへ行くか」

そうしよう、と権次郎は言ったものの、憂い顔で付け足した。

「手遅れでなきゃ、いいけどな」

十

ほとんど眠れないまま、朝を迎えた。千鶴たちは瑠璃堂を午《ひる》まで休みにして、朝餉の後すぐ、三河町に向かった。金貸しの口を割らせに行くのだからと、千鶴は洗い髪に黒襟縦縞《たてじま》の着物で、どこかの一家の姐《あね》さん風に装っている。

本郷の坂を下りて神田川を渡り、筋違御門《すじかいごもん》を抜けると南へ歩いて三河町に入った。金貸しみたいな商売は看板も出ていないので、八百屋で聞いてみる。八百屋は仁吉郎の名を聞いて顔を顰めたが、家は教えてくれた。やはり界隈でも、評判の良くない奴のようだ。

探し当てた家は、間口の狭い二階家だった。もう五ツ半（午前九時）近いが、表の雨戸は閉められたままだ。まあ、金貸しが早起きして店を開ける必要もないだろう。千鶴たちは、裏手に回った。

　裏の塀に、木戸があった。内側は猫の額ほどの庭で、その先に裏口と縁側が見える。権次郎が、そっと木戸に触れた。閂《かんぬき》はかかっておらず、簡単に開いた。梅治が眉間に皺を寄せる。いい兆候ではない。

　ふっと千鶴は足を止めた。権次郎がふり返る。

「どうかしたか」

「誰かの邪気の残り香みたいなものがある。嫌な感じ」

　権次郎は「そうか」と顔を曇らせた。

　誰も見ていないのを確かめ、木戸を抜けた。後ろ手に閉めて、裏口の戸を引いてみる。やはり、すんなり開いた。二人は、中に踏み込んだ。

　途端に、嫌な臭いに気付いた。

「まずいな」

　梅治が呟く。血の臭いだ、と悟ったのだ。千鶴は土間に目を落とした。乱れた足跡がある。

「押し入られたみたいね」

　権次郎が無言で頷き、家に上がった。座敷が二間続いて、手前に板敷きがある。小ぶりの商家の造りだ。権次郎は表側の座敷の障子を開けた。そして、舌打ちした。

「やっぱり遅かったな」

座敷の真ん中で、男がうつ伏せに倒れていた。体の下に血溜《ちだ》まりがある。調べるまでもなく、死んでいるのは明らかだった。前から刺されたようだ。部屋の小簞笥の抽斗は全て開いており、書付のようなものが引っ張り出されて畳に散らばっている。千鶴は一枚拾って読んでみた。思った通り、借金の証文だ。

「何よこれ。一両借りて、ひと月で利子が二分ですって」

「性質《たち》の悪い高利貸しってことは、間違いなさそうだな」

梅治は畳の上の証文を検めてから、同情のかけらもない目で死骸を見た。

「下手人は、何か捜してたのかな」

腕利きの岡っ引きだった権次郎は、決めかねるように腕組みした。

「どうかな。捜したとすりゃ、贋金を仁吉郎に渡した奴の証文かもしれねえ」

「そうか。仁吉郎が直に贋金造りに関わっていたんじゃないなら、借りた金を返すときに贋金を使った奴がいるだろう、ってことね」

千鶴が得心して言うと、権次郎は「たぶんな」と応じた。

「仁吉郎は返された金が贋金とは知らず、そのままお蓮の賭場で使ったんだ。贋金造りもそれに気付いて、口封じの始末をしなきゃならなくなったんだ」

そこで権次郎は、お蓮の死に様を思い出したらしく、ぐっと歯を食いしばった。

「口封じしたってことは、贋金造りの連中が承知の上でここに贋金を撒いた、ってことじゃないよな」

梅治が首を捻る。

「当たり前だ。贋金で借金を返した奴を手繰られたら、一味のことがばれるからさ。そいつは自分の借金を返すために、勝手に贋金を持ち出したに違えねえ」

権次郎が言い切った。そこで千鶴が手を叩いた。

「権次郎さんの考えてること、見えた気がする。その勝手に贋金を使った奴って……」

「例えば、所帯を持つためにどうしても借金を返さなきゃならなかった、金細工職人とかだな」

梅治が後を引き取って言い、ニヤリとした。

「貸付先を書いたものが残っていないか、捜してみるとするか」

半刻近くかけて、二階まで全部の部屋を調べてみたが、貸付先の名前全てがわかるようなものは見つからなかった。もしや贋金が残っていないかと金箱も調べたが、当然の如く空っぽだった。どちらかがあったとしても、下手人が持ち去ったのだ。これなら役人は、返済に困った誰かが仁吉郎を襲い、自分の証文を取り返したうえ、有り金を奪って逃げたと思うだろう。

「都合のいい殺しだぜ。こんな奴が殺されても、お蓮のことがなけりゃ、誰も贋金と結び付けて考えたりはしねえ」

権次郎は吐き捨てるように言った。もう長居はできない。三人はこっそり裏木戸を出ると、来たのとは反対の方に路地を進んで、別の表通りに出た。

神田川を渡り、神田明神の下まで行くと茶店があったので、一服しようと入った。朝からひどく疲れる一日だ。

「あの様子だと、殺られたのは昨夜か。駒十がうちに来た頃には、もう事は終わってたんだろうな」

茶を啜《すす》った梅治が、他の客に聞こえないよう小声で言った。

「ああ。それに手際がいい」

権次郎が言うのに、千鶴は首を傾げた。

「ずいぶん荒らされてたように思うけど」

「いいや。散らばった証文にゃ、死骸の下になってたのもあったろう。殺しの前に証文を検めたんだ」

「それはつまり？」

「仁吉郎に目当てのものがどこにあるか吐かせ、証文の束を引っ張り出して、中から要るものだけ抜き出した。それから奴を始末して、他の抽斗の証文をばら撒き、返済できなくなった奴が押し入ったと見せかけた。暗い中で、それを滞りなくやったんだ」

そう聞くと、確かに手際がいいと言えそうだ。

「あいつの臭いがするな」

梅治が言った。あいつとはもちろん、取り逃がした贋金造りの男。不破数右衛門《ふわかずえもん》の数右衛門だなどと、ふざけた名を名乗った男だ。

「ああ。さてしかし、これからどうするかだ。金貸しの道は塞がれちまったしな」

権次郎は、思案投げ首になった。が、千鶴には考えがあった。

「ねえ、ちょっと思ったんだけど」

何だい、と権次郎が顔を上げる。

「高利貸しって、取り立てはどうするの。黙って返しに来るのを待ってるだけじゃないでしょう」

「そりゃあそうだ。強面《こわもて》を取り立てに行かせて……」

そこで権次郎は、あっと目を見開いて、額を叩いた。

「そうか。取り立て屋なら、誰が仁吉郎から金を借りてたか、知ってるはずだ」

「千鶴さん、やるじゃないか」

梅治も笑みを浮かべた。

午からは瑠璃堂を開けなくてはならないので、千鶴と梅治は取り立て屋捜しを権次郎に任せて一旦戻った。今日中には仁吉郎の死骸が見つかり、八丁堀が動き出すだろう。そうなれば、すぐに取り立て屋を摑まえようとするに違いない。それに先んじる必要があった。

「あまり時がないけど、大丈夫かしら」

千鶴は少し心配したが、江戸の各所に様々な伝手《つて》を持っている権次郎ならば、と梅治は請け合った。

「果報は寝て待てと言うだろ。ほら、早速客だぜ」

身なりのいい中年の女が門を入るのを目の端で捉え、梅治は迎えに出た。急いで着替えを済ませた千鶴は、商売用の顔つきになって客を待った。

客の相談は、亭主の不実に気付いたがどうすべきか、というものだった。芸者や奉公人ではなく、取引先の店を営む女と理《わり》ない仲になったようだ。黙って波風を立てずに過ごすか、離縁覚悟で詰問して詫びさせるか。千鶴は話を聞いて、赤紫の炎を立てた。黙っていても亭主が増長するだけで、いい方向には行かない。夫婦は相和すべし、女房だけが辛抱する必要などない、と千鶴は信じている。実際、多くの客の例を見てもそうだった。

千鶴の占いに元気づけられた女客は、帰って亭主を締め上げると誓い、何度も礼を言って帰った。来たときより背筋が伸びているのを見て、千鶴は顔を綻ばせた。

その後二人の客があったが、ごく単純な商いの相談だった。千鶴はどうとでも取れるご託宣を出し、合わせて一両を稼いだ。

一仕事終えて肩を揉んでいると、権次郎が帰ってきた。

「おや、思ったより早いじゃないか」

梅治が意外そうに言うと、権次郎はちょっと自慢げな顔をする。

「八丁堀が追っかけてこねえうちに、見つけなきゃならねえからな。金貸しと取り立て屋は、いつでもツルんでるわけだし」

俺にかかれば難しくはねえ、と言いたそうだ。千鶴は素直に感心してやった。

「で、どこのどいつなの」

「格二《かくじ》って男だ。年は二十八で、神田仲町《かんだなかちょう》の裏店《うらだな》にいる」

「強面なんでしょうね。どっかの一家の盃をもらってるわけじゃないのね」

「ああ、独りで小遣い稼ぎして食ってる。見てくれは強面だが、度胸の方はさほどでもねえ」

「そうか。それなら扱えそうだな」

梅治が、いい按配《あんばい》だとばかりに言った。

「それでな、飯を食ったら夜討ちをかけてやろうと思うんだが、どうだい」

権次郎が誘いかけるのに、千鶴と梅治は揃ってニヤリとする。

「面白そうじゃない」


六ツ半（午後七時）を過ぎて、すっかり暗くなった。千鶴は神田仲町の裏手にある小さな空家で、権次郎が格二を連れて来るのを待っていた。長屋で騒動はまずいので、小商いの店が潰れたばかりのこの家を使おうというのだ。閂を外して入り込むのは、簡単だった。

「来たぞ」

雨戸の隙間から外を窺っていた梅治が、小声で言った。千鶴は「はいよ」と応じて、立ち上がった。床に一本だけ立てた蠟燭の炎が揺れる。

足音が聞こえ、続いて裏の戸を開ける音がした。初めて聞く男の声が響く。

「何だい、ここは空家じゃねえか。いい小遣い稼ぎがあるってえから来たのに」

格二が文句を言うのを、権次郎が抑えた。

「ぶつぶつ言うな。長屋じゃ人に聞かれずに話ができねえだろうが」

「そりゃあそうだが、どんな話だよ。さっさと言わねえと……」

　いきなり梅治が飛び出し、格二の胸ぐらを摑んで板敷きの床に引き倒した。

「痛てッ、畜生、何しやがんだ！」

　梅治は格二の顎を摑み、頭を床に押し付けた。もがく格二の首筋に、権次郎が匕首の刃を当てた。格二が目を剝く。

「おとなしくしろ。言う通りにすりゃ、命まで取ろうとは言わねえ」

　蠟燭に照らされた格二の顔が、恐怖に歪んだ。

「な、何なんだお前らは」

　その顔の前に、千鶴は立膝で座った。その扮装《ふんそう》は、今朝仁吉郎の家に行ったときと同じ、玄人の姐さん風だ。

「金貸しの仁吉郎が殺されたのは、知ってるかい」

　格二の顔が、真っ青になった。

「ほ、本当かそりゃあ」

「明日になったらわかるよ。殺られたのは昨日の夜中だ」

「あ、あんたらが……」

　震え始めた格二の肩を、梅治が押さえた。

「違うな。お前に心当たりはないのか」

「い、いやそりゃ、あいつは高利貸しで、大勢から恨まれてたんで……」

格二は、目を白黒させている。急なことでうろたえているのはわかるが、やはり大したことは知らないようだ。

「仁吉郎は、胸を抉《えぐ》られてた。あんたも、そうはなりたくないだろ。だったら、あたしたちの聞くことに、正直に答えるんだ。嘘なんか吐いて、ただで済むと思うんじゃないよ」

千鶴は低い声でドスを利かせ、格二を睨みつけた。顔立ちが綺麗なだけに、この目付きで蠟燭の淡い光に浮かぶと却って凄味があることは、自分でも承知している。格二は、ごくりと生唾を呑んだ。

「な、何を聞こうってんだよ」

声が震えている。もうこの男は、こっちの手の内だ。

「仁吉郎が金を貸してた相手の名前。一両以上貸してた奴は全部だ」

権次郎が匕首を当てたまま、格二の耳元で言った。仁吉郎が賭場へ持ち込んだのは、一朱金十五枚。十六枚で一両だから、返済されたのはそれ以上と見て間違いなかろう。

「お、俺が知ってる奴の他にも、いるかもしれねえ」

そんなことは承知の上だ。足りなければ、他の取り立て屋を聞き出して締め上げるだけのこと。

「いいから、知ってることを喋れ」

観念した格二は、挙げられるだけの名前と貸金の額を口にしていった。

「……下谷《したや》車坂《くるまざか》の左官の与吉《よきち》に三両、金沢町《かなざわちょう》の古着屋の吾郎兵衛《ごろべえ》に五両二分、連雀《れんじゃく》町《ちょう》の小料理屋の亀助《かめすけ》に十一両……」

梅治が懐から紙と矢立を出し、蠟燭の光で書き留めた。

「……それから神田旅籠町の金細工職人の佐平に十五両……」

千鶴は、権次郎と梅治にさっと目配せした。求めていた名が、やはり出てきた。

「お、俺の知ってるのはそれだけだ」

二十人ほどの名前を言って、格二は大きく息を吐いた。その全てを書き取った紙を格二の前に突き出し、梅治はさらに迫った。

「この中で、このひと月ほどの間に、一両以上を返してきた奴はいるか」

「あ、ああ、いるよ。佐平って奴だ。確か七両返してた。半月、いや二十日ほど前だったかな」

「その七両、小判だったわけじゃないな」

「そりゃあそうだ。一分金と一朱金だったはずだ。ただ、それより小さい銭はなかったと言ってたな。一分と一朱だけで綺麗に揃えて返す奴は、あんまりいねえんだが」

やっぱりそうか。贋金を仁吉郎に渡したのは、佐平に間違いないようだ。

「受け取ったのはお前か」

「いや、仁吉郎の旦那が受けた。俺も佐平のとこには行ってたんだが、この三月ほどは摑まらなくてよ。夜逃げしやがったかと思ったんだが、突然旦那のとこへ金持って行くって知らせてきたそうだ」

「奴はどこでその金を作ったんだ」

「知らねえよ、そんなこたァ。旦那だって知らなかったろう。俺たちゃ金さえ返してもらや、それが盗んで来たもんだろうが娘を売ったもんだろうが、知ったこっちゃねえ」

「返せなきゃ無理にも娘を売らせるような奴が、よく言うよ」

千鶴は手の甲で格二の頰をはたいた。許し難い奴だが、佐平がどこで稼いだか知らないのは、本当だろう。

「佐平は、仁吉郎の家に来たのかい」

それができたなら、お夏にも繫ぎを付けるのではないかと思ったのだ。格二は千鶴の問いに、かぶりを振った。

「いいや。内藤新宿《ないとうしんじゅく》で会って渡したそうだ」

意外な話に、千鶴は驚いた。梅治も権次郎も、眉を上げた。

「内藤新宿まで出て来いって、佐平から知らせてきたっての？」

「そうだ。旦那から聞いたところじゃ、文が届いて、今からそう……ちょうど二十日前か。内藤新宿の宿に泊まって待っててくれりゃ、夜中に金を返しに行く、って書いてあったんだ」

「どういうことよ。変だと思わなかったのかい」

「そりゃあ、思ったさ。だから覚えてるんだよ。けど旦那は、佐平が怪しげなことに関わってると思って、逆に知りたくなったようだ。ついでもあったんで、内藤新宿まで出かけたのさ。お供しやしょうかと聞いたんだが、要らねえと言われた」

「怪しげなことって、仁吉郎は何だと思ってたんだい」

「さあな。けど、うまくすりゃ金になると睨んだみたいだぜ」

やれやれ、どいつもこいつも金だ。みんな欲をかいて首を突っ込んだ揚句、命を縮めるとは。いや、元はと言えば、こっちもあまり変わらないか。千鶴は自嘲しながら続きを聞いた。

「それで、怪しげなこととは何だったのさ」

「いや、わからねえ。夜中にやって来た佐平に質《ただ》したが、口を割らなかったそうだ。まあ旦那も、何か摑んだからって俺には言わねえだろうがな。佐平の奴は取り敢えず七両置いて、後はまた稼いでくるって帰っちまったってことだ。俺がいりゃ、尾《つ》けたんだがな」

その通り、尾けていてくれたら、ずいぶん手間が省けたものを。だがそれをやっていたら、こいつもとうに始末されていたに違いない。

それからしばらく脅しすかししてみたが、格二はそれ以上のことは知らないようだった。千鶴たちは諦め、口止めして解放してやることにした。

「今夜あったことは、誰にも言うんじゃないよ。特に、役人にはね。仁吉郎の二の舞になりたくなけりゃ、せいぜい気を付けるんだね」

格二は色を失い、ひと言も喋らないと誓った。朝までには、どこかへ夜逃げする気だろう。千鶴たちとしても、その方が都合がいい。三人は、しばらくじっとしてろと格二に言い置いて、空家を出た。

十一

瑠璃堂に帰ったのは、夜の五ツ半近かった。早寝のおりくはもう休んだようだ。梅治が裏手の厨に行って、酒を用意してきた。

「くたびれたな。こいつは有難え」

胡坐をかいた権次郎が徳利を持ち上げようとするのを、千鶴が取って注いでやった。

「おっ、済まねえ。千鶴さんの酌で飲めるとは」

権次郎は目尻を下げ、ぐっとその酒を飲んだ。

「ああ、いつもの酒なのに格別だな」

「何言ってんの。あたしにも頂戴」

千鶴は権次郎の返杯を優雅に飲み干すと、ふっと溜息をついた。

「これで佐平さんが贋金造りに巻き込まれているのは、ほぼ間違いなくなったわね」

お夏の顔が頭に浮かぶ。これを聞いたら、どんなに辛いだろう。

「無事だといいんだけど」

梅治の盃にも酒を注ぎながら、千鶴は一番の心配を口にした。お蓮と仁吉郎は、自分たちまで手繰られるのを恐れた一味に始末されたのだ。とすると、奴らは佐平が仁吉郎に贋金を渡したことも、承知しているだろう。ならば次に危ないのは、佐平だ。

「佐平は腕のいい職人だ。贋金造りが終わるまでは、生かしておかないと段取りが狂うんじゃないか」

梅治が言った。確かに、佐平がいなくなれば後釜を探さないと、贋金造りが予定通り進まないだろう。だが、後釜の調達はそう簡単ではあるまい。見張りながらでも佐平を使い続けた方がいい。しかしそれは同時に、用が済めばすぐ殺されることを意味する。

お夏に「信じて待て」と言ってしまった手前、佐平を早く助け出してやらないとなあ、と千鶴が考えたとき、梅治が思案顔で聞いた。

「なあ、消えたのがわかってる金細工職人は、佐平と太助と敏造って奴だったか。この三人で、小判やら一分金やらが本当に造れるのかな」

「あァ？　ま、そりゃあ、この前の小判千枚に加えて、一分も一朱もどっさり用意するとなりゃ、三人じゃ足りねえかもしれねえが……」

権次郎が言いかけるのに、梅治が手を振る。

「そうじゃなくて、だな。いくら腕が良くても、ぱっと見にはわからないほどの贋金を造るのは、簡単じゃないだろう。金の配合の加減だって、ちゃんとわかるもんかな」

権次郎は、何を言いたいんだという顔をした。

「前の小判のときも思ったんだが、ここまでよくできた贋金を何種も用意するには、慣れた目と腕が要るんじゃないかってことさ」

あ、と千鶴は手を打った。

「もしかして、金座の職人が一枚嚙んでるとか」

そうか、と権次郎も額を叩く。

「とうに考えとくべき話だったな。金座を辞めたか、追い出された職人だ」

「でも、ちょっと待ってよ」

千鶴が首を傾げながら言った。

「金座の職人って、厳しく見張られてるんじゃないの？　出入りする職人は身元をきっちり調べられて、金座の外で仕事の話をしないっていう血判起請文《きしょうもん》まで取られるって、聞いたことあるよ」

「金座で働いてるうちはそうだろうが、辞めた後はどうかな」

権次郎が、少し考えてから言う。

「起請文には、辞めた後も金座の話は墓まで持って行く、とか書いてあるんじゃない？」

「だとしても、起請文は所詮、起請文だ。紙切れだろうが」

うーん、と千鶴は頭を左右に振り、酒を一口啜った。

「小原田さんに、聞いてみよっか」


次の日、瑠璃堂を閉めた後で摑まえに行こう、と思っていたら、昼過ぎに小原田の方からやって来た。相変わらず、難しい顔をしている。

「まあ小原田様。度々のお運び、恐れ入ります」

多少の皮肉をこめて挨拶してやったが、小原田は気付いた様子もなく、どっかりと座敷に胡坐をかいた。自分ちのつもりかよ、と千鶴はちょっと苛立つ。

「三河町の金貸しで、仁吉郎って奴が殺された。殺られたのは、一昨日の真夜中のようだ」

ああ、その件か。千鶴は、少し怯《おび》えて見せる。

「まあ、恐ろしいこと。何者の仕業でございましょう」

「そいつはこれからだ。高利貸しだけに、恨みを持ってた連中は幾らでもいるからな」

「返済を迫られて、追い詰められたお方の仕業とお考えですか」

「まあそう思いてえとこだが、そう簡単な話でもねえ」

小原田は、自分は人より目が利くんだぞ、とでも言いたげに千鶴を横目で見た。お望みに応えて、千鶴は感心してやる。

「さすがは小原田様。何かお考えがおありなのですね」

気を良くしたか、小原田は「まあな」と先を続けた。

「仁吉郎を恨んでた奴の心当たりを聞こうと思って、取り立てをやってた手下を摑まえようとしたんだがな。今朝呼びに行かせたら、消えちまってた」

やはり格二は逃げたか。千鶴たちの脅しが効いたようだ。

「そのお人も、取り立てをした人から恨まれていたので、怖くなって逃げたのでしょうか」

知らないふりで聞いてみると、小原田は曖昧に「たぶんな」と答えた。

「それより妙なことがある。四谷のお蓮の賭場には、見張りを置いてたんだが、その目をかいくぐって手下どもが姿をくらました。仁吉郎は、あの賭場に出入りしてたらしい。こいつは、関わりがねえとは思えねえ」

ちゃんとそこには気付いたわりね。でも小原田の様子からすると、どういう繋がりがあるのか見えてはいないようだ。

「難しゅうございますねえ。でも、小原田様ならきっとお手柄にできますとも」

思ってもいない世辞を言ったところで、梅治が茶を淹れてきた。小原田は早速茶碗を取り上げて、半分ほど飲んだ。

「小原田様も大変ですね。贋金に加えて、立て続けの殺しとは」

梅治は、小原田の顔を窺うようにして聞いた。

「贋金の方のお調べは、如何《いかが》でございますか」

小原田は、顔を顰めた。

「そっちも進んでる。余計な気を回さんでいい」

行き詰まっているのが見え見えの答えだった。梅治が話を向けてくれたので、千鶴は聞こうと思っていたことを口にした。

「少し思ったのですが、あれほどの贋金をたくさん造るには、半端な……あ、いえ、大層な腕前の職人が要るのではないかと」

「ああ、そりゃあそうだ」

「例えば、金座のお役人様方は、どうお考えなのでしょう」

金座、と聞いて小原田の眉が上がった。

「おいおい、まさか金座の職人が悪さしてるなんて、考えたんじゃねえだろうな」

「いえいえ、まさか」

千鶴が笑って打ち消したので、小原田は安堵したようだ。聞かずとも先を喋ってくれた。

「まあ正直なところ、金座に関わりがないかどうか、調べてはみた。だがな、この一年で辞めた職人も、姿を消した職人も、いなかった。今金座で働いてるのは、しっかりした連中ばかりだ。あそこじゃ、仕事するにも互いに見張りながらだからな。滅多なことが起きるもんじゃねえ」

「左様でございますか。小原田様には、何の見落としもございませんのですね」

千鶴がまたくすぐってやると、小原田は昂然《こうぜん》と顎を突き出した。

「当たり前だ。それがお役目だ」

調子に乗るなっての。そこで千鶴は思い付いた。佐平の行方は、八丁堀に追わせればいいのではないか。いや待て、お夏に黙って、相談事の中身を小原田に話すのはまずいか。とすると……。

「あの、実は占いに来られた方のお話の中で、出入りの金細工職人の方の姿が見えなくなった、と聞きましたのですが。もしや何か関わりがあるなどとは」

「何、金細工職人が消えた？」

小原田が身を乗り出した。

「誰から聞いたんだ。出入りの店ってのはどこだ」

「堀江町の吉田屋さんですが」

ふうむ、と小原田は腕組みしたが、すぐに動いた。

「邪魔したな」

小原田はそれだけ言って、瑠璃堂を後にした。吉田屋に向かうつもりだ。うまく運べば、八丁堀が敏造や太助の行方を捜してくれる。そうすれば、佐平の手掛かりも見つかるはずだった。


日暮れ前に権次郎が戻ったので、千鶴は小原田から聞いたことを話した。

「そうかい。金座についちゃ、もう調べてたか」

「少なくとも、行方のわからない職人はいないみたいね」

ふうん、と権次郎は考え込む。

「どうだろうな。金座は言うまでもなく勘定奉行様の支配だ。町方が中まで手を突っ込むわけにゃ、いかねえだろう」

「通り一遍しか調べてないだろう、ってこと?」

言われてみれば、そうかもしれない。

「だからって、私たちが調べるのはもっと難しいでしょう」

「それもまあ、そうだな」

いい手はないか、と権次郎は頭を捻っている。そこでふいに梅治が言った。

「思ったんだが、こっちから行けないなら、向こうに来させりゃどうだい」

「来させる、だと?」

何を言ってる、と権次郎が驚いた顔になった。が、すぐに思い至ったようだ。ぱっと目を見開いた。

「その手があったか」

十二

四日後の朝、瑠璃堂に現れた男は、いかにも不安そうに見えた。

「お楽になさってください」

千鶴がにこやかに言ってやると、男は少し肩の力を抜いた。目は千鶴の胸元に据えられたままだ。目を何度も瞬き、千鶴の姿にすっかり気を惹かれているのがよくわかった。

「神田松永町《かんだまつながちょう》の平吾郎《へいごろう》さんでしたね」

「へ、へい。よろしくお願いしやす」

平吾郎は膝を揃えて頭を下げた。

「金細工など、金をお使いになるお仕事でしょうか」

肩が、びくっと動いた。

「或いは、お金にまつわるお仕事、とも申せましょうか」

平吾郎の顔が引きつったように見えた。

「ま、まあ、そのようなもので」

懐から手拭いを出して、うっすら汗ばんだ額を拭いた。占いの部屋は、露出が多めの千鶴のため、この季節になると外よりだいぶ暖かくしているが、そのせいだけではないだろう。

「わかりました。それ以上は申しません」

金座職人であるとは、自分から言えないのだ。承知して、千鶴は先へ進んだ。

「お仕事ではなく、お家の内のことでございますね」

平吾郎は、またびくっとする。

「恐れ入りました。その通りで」

「では、占い事をお聞かせ下さい」

すっかり呑まれた様子の平吾郎は、もう一度深く頭を下げてから、話し始めた。

「一年ほど前に、母親がぽっくり死にやした。正月明けには、長患いだった一番上の兄貴も。どうも良くねえことが続くと思っていたら、今度は……」

平吾郎が言うには、女房が弟とデキているらしい、とのことだ。出合茶屋から出て来るのを見た知り合いがいるという。平吾郎は、くどくどと女房への繰り言を続けた。どうやら未練たっぷりのようだ。

「そんなこんなで、何かあっしの周りに悪いものでも憑《つ》いてるのか、これからどうなっちまうのか、占っていただこうと思いやして」

なるほどね、と千鶴は得心する。不幸ごとが偶然重なるのは、誰にでもあることだ。しかし当人に気になることがあったり、迷信深かったりすると、妙な思い込みに陥ってしまうことがままある。平吾郎もその類いだろうが、このくらいなら軽症だ。気の毒ではあるが、大いに利用させてもらおう。

「承知いたしました」

千鶴は平吾郎と兄弟の生まれ年、生まれ月などを聞き、占い台を前にして水晶数珠を振った。平吾郎は神妙にこれを見ている。

火鉢には、赤紫の炎を立てた。それから合掌し、憂い顔を作ってから平吾郎に重めの口調で告げた。

「確かに、あなたの周りに良くない気がございます」

「気、でございますか」

平吾郎は、青ざめた顔で言った。

「はい。お尋ねしますが、お家の内だけでなく、お仕事のお仲間で、急にいなくなったり亡くなったりした方はございませんか」

平吾郎の顔がさらに青くなり、目が丸くなった。心当たりがあるのだ。

「ああ……じ、実はこの春先、仕事の仲間が一人、死にました」

死んだ？　消えたのではないのか。千鶴はもう少し聞いてみる。

「亡くなった、とは、どのようにでしょうか」

「それが、釣りが好きな奴でして。まだ寒いってのに、一人で釣りに出かけて、流されちまったんです」

「そうでしたか。どなたも、助けられなかったのですね」

「あっという間だったようで。流されるのを見た人はいるんですが、助けようとしても間に合わなかったそうです。それっきり、死骸さえあがりやせんで。海まで流れちまったのか、どこかで沈んじまったのかって」

当たり、と千鶴は膝を叩きそうになった。

「その方のお名前は」

「繁辰《しげたつ》って職人で。年は三十七でした」

「そうですか。おいたわしいことです」

千鶴は再び合掌した。

「これ全て、あなたの周りに立ち込める悪い気が関わっております。どうか行いにお気をつけられますよう」

これを聞いて、平吾郎はうろたえた。

「まさか、あっしの命に関わるなんてこたァ……」

いえいえ、と千鶴は安心させるように微笑む。

「あなたご自身は大丈夫でしょう。でも、あなたに邪《よこしま》な心が生まれたりすれば、悪い気はそれにつけ込みます。気を祓《はら》うには、ただただ行いを正しくし、真面目に精進なさることです。これからは、身を慎まれますよう」

「へ、へい。お言葉、胆に銘じやす」

平吾郎は畳に額を擦り付けた。やはり気の小さい男だ。千鶴はさらにひと言、思い込みで自らを追い詰めないようになさい、悪い気はそうして広がるのです、と付け加えてやった。平吾郎は感激し、女神でも見るような目で千鶴を拝んで帰った。

「やっぱり、うまいもんだな」

平吾郎を送り出した梅治が、座敷に戻るなり言った。

「あの職人、すっかりあんたに騙されてたぞ。本気で有難がってた」

「騙すなんて人聞きの悪い。不安を取り除いてあげたのよ」

ものは言いようだ。梅治は苦笑で応じた。

「しかし権さんも大したもんだ。何百人ってぇ金座職人から、使える奴を見事に引いてきたんだからな」

梅治がつくづく感心した、とばかりに言った。権次郎は金座の近くにある居酒屋に入り浸り、悩み事を抱えていそうな職人を探したのだ。悩みがあれば、人は酒に救いを求める。酒が入れば、口は軽くなる。

金座職人は金座出入りのための鑑札を常に持ち歩いている。権次郎は居酒屋の店主たちに金を掴ませ、客の誰が鑑札を持っているか教えてもらって、言葉巧みに近付いた。釣り針に掛かったのが、平吾郎だった。さっき千鶴に言った通り、身の回りで不幸ごとが続いて落ち込んでいたところへ、権次郎が悩みを解決するために瑠璃堂に行くことを勧めた。丸め込まれた平吾郎は、次の休みに瑠璃堂を訪れると約したのである。

「さあて、あいつが口にした繁辰って職人だけど」

千鶴は真顔になって梅治に言う。

「流されて死骸があがらない、ってのは、凄く怪しい。他に消えた職人がいないんだから、こいつが溺れ死んだと装って、姿をくらましたと見て間違いないんじゃない？」

だよな、と梅治も賛同する。

「繁辰について、もっと調べてみるか」

「そうね。でも、権次郎さんばかり金座の周りを嗅ぎ回ってちゃ、怪しまれるでしょう。あたしたちでやろう」

あたしたち、と言われて、梅治は少し考える風だ。

「何か策があるのかい」

まあね、と千鶴は薄笑いを浮かべた。

夕刻に権次郎が戻ったので、平吾郎を釣り上げた腕前を褒めた。権次郎は上機嫌だったが、千鶴が繁辰のことを調べに行くと聞いて、渋い顔になった。

「繁辰の別れた女を装うってのかい？　そいつはちょっとどうかなあ」

「大丈夫、うまくやれるよ」

「いや、そうじゃなくて、だな」

権次郎は千鶴の顔をしげしげと見て、頭を掻く。

「あんたはただの職人なんぞには、いい女過ぎるんだよ。信じてもらえねえぞ」

あら、そう来たか。満更でもないが、そう言われると仕方がない。

「じゃあ金貸しの情婦《おんな》が、取り立てに来たってのはどうだ」

梅治が小指を立ててニヤッとすると、権次郎も「それなら、まだしもだな」と不承不承に頷いた。


翌日、瑠璃堂を閉めてから、千鶴と梅治は日本橋へ向かった。金座があるのは、日本橋本町。駿河屋の新店にも越後屋にも、ほど近い。二人は、権次郎から金座職人がよく行く店を聞き、そこで網を張った。

一軒目で、早速それらしい何人かが見つかった。口の軽そうな奴を探して目星を付けると、そいつの胸元から懐の鑑札が覗いているのが見えた。これは使えそうだ。

千鶴と梅治は、その職人が立ちあがるのを見て、先に外へ出た。そして、少しばかり足元が不確かになった職人が出て来るのを待ち、梅治がわざとぶつかった。巧みに手を動かし、職人の鑑札を抜いて地面に落とす。

「痛ぇな。どこに目ぇ付けてやがんだ」

梅治は職人が文句を言うのに「悪いな」と詫び、落ちた鑑札を拾ってやった。そして、驚いた顔をする。

「おや、あんた金座の職人かい」

「あァ？　何だよ。それがどうした」

三十過ぎと見える小太りの職人は、むっとしたように梅治の手から鑑札を取り上げ、懐にしまった。

「そいつァ丁度良かった。ちょいと話に付き合ってくれねえか」

職人は、忽《たちま》ち警戒する目付きになった。金座の者たちは、妙な誘いに乗らないよう、普段からきつく申し渡されているのだろう。

「俺の方にゃ、話はねえ。とっとと失《う》せろ」

職人が吐き捨てるように言って背を向けたとき、千鶴が前に立ちはだかった。今夜は化粧も濃くし、だいぶ婀娜《あだ》っぽく見せている。

「まあまあ、そう怒らないで。仕事の話をしようってんじゃありませんよ。ちょいと助けてほしくてねえ」

ちょっとしなを作ってやると、職人は目を見開いて棒立ちになった。

「な、何だい姐《ねえ》さん。助けるって、何をだ」

よしよし、と千鶴はほくそ笑み、職人の耳元に口を寄せた。

「ここじゃあ何ですから、そちらへ」

　千鶴はすぐ先にある、値の張りそうな料理屋を指した。職人の稼ぎでは、まず行くことはない店だ。職人は驚いて、料理屋と千鶴を交互に見た。こんな美人から美味しい誘いを受けて、断る手はない、とその目が語っている。その様子を見極めた梅治が、職人の背中を押した。

「さあ、いいじゃないか。悪い話じゃないんだから」

　職人は抗《あらが》わず、導かれるまま料理屋の暖簾をくぐった。


　職人は、政吉《まさきち》と名乗った。こんな場に慣れないせいか、居心地悪そうにしている。千鶴は酒と小皿が運ばれるのを待って、酌をしてやった。政吉は、さらに落ち着かなくなったようだ。

「なあ、話ってのは何だよ」

　頃は良し、と梅治は政吉の前に膝を寄せた。

「あんた、繁辰って職人を知ってるか」

「繁辰だと？」

　政吉は訝しげに梅治を見返した。

「あいつは、この如月《きさらぎ》の初めに死んだぞ」

よし、と千鶴は内心で手を叩く。金座職人の中でも不慮の死を遂げる者はそういないだろうから、繁辰なんて聞いたこともない、とは言うまいと思ったが、案の定だ。

「聞いてるよ。釣りに出て、川に流されたってねえ」

千鶴はもう一杯注いでやってから、「でもねえ」と言った。

「あいつが生きてるんじゃないかって、噂を聞いてね」

政吉の手がびくっと動き、酒が零《こぼ》れた。

「そんな馬鹿な。どっからそんな噂が出たんだ」

「どこからってのは言えないけど、繁辰の死骸は見つからなかったんだろ」

政吉は困惑顔で二人を見た。

「いったい、あんたら何者だ。繁辰とはどういう関わりだ」

千鶴はさっと髪をはらい、立膝で政吉ににじり寄った。

「あたしの旦那がねえ。あいつに金を貸してたんだよ。もし姿をくらまして踏み倒そうとしたんなら、放っちゃおけなくてねえ」

「あいつが金を?」

政吉は眉をひそめた。

「そう言や、死ぬ前は金回りが良さそうだったな」

「そうかい。それじゃあ繁辰のことを、あんたの知る限り詳しく話してくれ」

梅治が言うと、政吉は不承不承ながら話し出した。

「そう付き合いがあったわけじゃねえんだが……腕には自信を持ってたな。だから、去年には小頭になれるって思ってたようだ。ところが、あいつより三つも若いのが小頭に上がると決まってよ。ずいぶんと腐ってるって、周りの連中が言ってたぜ」

「どうしてなれなかったんだい」

「人付き合いが悪いのさ。てめえが一番だと鼻にかけてやがったしな。要するに、仲間から嫌われてたわけだ。そんなのを小頭にしても、職人がまとまらねえ。奴はそれが、わかってなかったんだろう」

どうやら繁辰は、だいぶ不満を溜めていたようだ。

「川に流されたときは、どんな具合だったんだ」

「一人で舟を借りて、大川に出たんだ。それで釣り糸を垂れるうち、大物でもかかったんだろうな。立ち上がってよろめいたかと思ったら、あっという間に舟から落ちた。少し離れたところで見てた他の舟の船頭が、そう言ってたとさ」

「如月の初めじゃ、舟釣りをするにはちっと寒いんじゃないか」

「ああ。それは俺も思った」

政吉は盃を干すと、少し迷うような様子を見せてから、言った。

「実はな。奴が生きてるんじゃねえかって噂は、前にも立ったことがあるんだ」

梅治の目が光った。

「ほう。どんなわけで」

「ひと月経った弥生《やよい》の半ば頃だ。内藤新宿へ遊びに行った奴がいてよ」

内藤新宿にしても品川《しながわ》や板橋《いたばし》にしても、宿場へ遊びに、と言えば、飯盛り女相手の色事だ。金座の連中も、羽を伸ばしに行くことはあるのだろう。

「そこで繁辰を見たって奴が、いたんだよ。それを聞いた連中は、季節外れの幽霊か、なんて笑ったんだが、よくよく考えりゃ、繁辰の死骸はあがってねえ。ことによると、生きてるんじゃねえかなんて囁かれ始めた。けどまあ、証しがあるわけでもなし、いつの間にか消えちまったけどな」

政吉は、盃で千鶴と梅治を指した。

「あんたらが聞いた噂ってのも、同じ話が回り回って、そっちの耳に入ったんじゃねえのかい」

「さて、どうかしらねえ」

千鶴は曖昧に応じて、政吉にまた酒を注いでやり、梅治に目配せした。これでもう、充分だろう。

さらに二、三本飲ませ、正体をなくした政吉を置いて、千鶴と梅治は料理屋を出た。あの具合なら、政吉は明日になれば、千鶴と梅治のことなど覚えていないかもしれない。

表通りに出た千鶴は、並んで歩く梅治に言った。

「また内藤新宿が出てきたわね」

「その辺りに何かあるってことか」

調べる値打ちはあるが、まだ少々漠然とし過ぎていた。

「繁辰って職人が、贋金造りに雇われたのは、もう間違いないでしょう」

「ああ。川に流されて消える、って手口もあいつとそっくりだ」

梅治の言うあいつとは、無論、千鶴たちが取り逃がした「数右衛門」のことだ。あの男も、千鶴たちの目の前で大川に飛び込み、それきり行方がわからないのだ。

「あいつが手を引いたのね」

「それに、繁辰は消える前、金回りが良かったと政吉が言ってたな。そいつは、贋金の一味に引き込まれて、支度金のようなものを貰ったからじゃないか」

そんなとこでしょう、と千鶴も頷いた。

「それにしても」

梅治は、首を捻るようにして言った。

「贋金の連中は、本当のところ何がしたいんだ。千鶴さんは数右衛門を捕らえ損ねたとき、奴の前で贋金の連中は御上の面目を失わせるためにこれをやってるんだろう、って見立てをしたよな。俺も異存はないが、それなら贋小判だけでも充分じゃないかな。一分や一朱まで手を広げるなんて、面倒なだけだろうに」

うーん、と千鶴は考える。

「普段目にしない小判じゃなく、誰でも使うお金に贋物が混じれば、騒ぎがより大きくなるからでしょう」

「それはそうだが……もともと小判だけでも算盤《そろばん》が合わないことをやってるんだ。幾ら金がかかってもいいんだと言われればそれまでだが、何となくすっきりしないな」

言われて千鶴も、迷い始めた。贋金一味は、千鶴たちや奉行所にかなりのところまで迫られたのに、逃げおおせた。それでやめるかと思いきや、間を置いて小判以外の贋金を流しだした。奴ら、捕まることを恐れていないのか。まだ目的を達していないのか。どこまでやるつもりなんだ……。

「まあいい。それは後でゆっくり考えましょう」

千鶴は独り言のように言って、夜が更けても人通りが途切れない日本橋通りを、梅治と北へ進んだ。すれ違う人からは、さぞや羨ましい組み合わせに見えることだろう。

十三

小原田が、また瑠璃堂を訪ねて来た。都合良く占いを探索の助けにしようというのか、それとも単に千鶴に相手をしてもらいたくて来たのか、と思ったが、どちらでもないようだ。

「おい、この前言ってた勘定所の誰かが動いてるって話、ありゃ本当なのか」

「は？　本当か、と言われますと」

千鶴は、きょとんとした。小原田は、苛ついたように舌打ちする。

「駿河屋に勘定所が来たらしいって話、上の方にしておいたんだ。上の連中も、勘定所が動いていて奉行所にひと言もないってのはおかしい、と思って、勘定所の方に聞き合わせたらしい。だが勘定所としては何も知らん、てえ返事なんだ」

「それは、どういうことでしょう」

「だからそれを聞いてるんじゃねえか。確かに勘定所の役人だったのか。言い出したのは梅治、お前だよな」

梅治も困惑顔を作った。

「いえ、それは。私が勘定所のお方を存じ上げているわけではございません。ただ、そんな風に話していたお方がいた、というだけのことでして」

「その、話してた奴ってのは、どこの誰かわからねえのか」

「はい。たまたま居合わせただけのお人ですので。ですから先日お話ししたときも、思い違いかもしれないと申し上げましたが」

「ああ……そうだったな」

小原田は、苦い顔をした。

「あんまりいい加減な話を耳に入れるな。俺が上から叱られる」

どうやら何かあったようだ。勘定所に変な問い合わせをして、恥をかいたと文句でも言われたか。

「それは申し訳ございません」

梅治に代わって、千鶴が大仰に詫びた。小原田は、ちょっと心地悪そうにした。

「いや、まあいい。ところで、お蓮のことでも贋金のことでもいいが、何か聞き込んでねえか」

そんな大雑把に聞かれてもなあ、と千鶴は嘆息する。

「いえ、新しいお話は、特には」

繁辰の話や内藤新宿の話は、まだ八丁堀に教える時機ではない。小原田は「そうかい」と残念そうに言った。それですぐ帰るかと思えば、四半刻もとぐろを巻いてからやっと引き上げた。

「しょうがねえな。やっぱり千鶴さんに愛想をしてほしかっただけじゃないのか」

小原田とあまり顔を合わせたくない権次郎が、襖の陰から出てきて笑いながら言った。

「小原田さんたら、あたしを水茶屋の女とかと一緒にしないでよね」

千鶴は膨れっ面をしてみせる。だがまあ、小原田はこうして手玉に取っている限り、何かと都合がいい相手だ。

「ところで、勘定所のことを言ってたな」

「ええ。勘定所は、やっぱり奉行所には内緒で動いてるのね」

ふうむ、と権次郎は腕組みする。

「それなんだが……勘定所が役所として調べに動いたなら、奉行所に内緒ってのは、どうも変じゃねえか。いざ贋金一味を突き止めたら、御老中に申し上げなきゃなんねえだろ。結局奉行所にも話が行くんだぜ」

「何か思惑があるんじゃないのか」

梅治は言ったが、どんな思惑かの考えはないようだ。そこで千鶴は考える。

「もしかして、お役所として動いてるんじゃないのかも」

権次郎が、えっと目を見開く。

「高梨って組頭が、自分だけで動いてるってのか。そんなこと、あるのか」

「わかんないけど、これは探ってみてもいいいんじゃない？」

権次郎と梅治は、顔を見合わせて唸った。


探るとは言ったものの、勘定所は町奉行所と比べると、だいぶ難しい相手だ。御殿勘定所と下勘定所に分かれており、天領や五街道の支配を行うのが大手門外にある下勘定所である。一方、金座のことに関わるのは勝手方で、これは御殿勘定所だった。場所は御城内本丸御殿内。町人が立ち入れるところではない。直に見張ることもできないので、大手門近くで登城か退出するときを狙うしかなかった。

「こいつは、見つけるだけでも相当厄介だな」

権次郎がこぼした。三人ばかり人手を雇ったものの、高梨の顔を見たのは千鶴と梅治だけだ。覚えている限りの人相と、羽織の紋を伝えたが、それだけでは心もとなかった。

「大手門を通る侍の数は、百や二百じゃないからな。退出の刻限には、俺たちも行って見よう」

梅治が言うので、千鶴は瑠璃堂を昼で終《しま》い、町娘姿になって一緒に出かけた。

大手御門の手前は広場になっており、腰掛と呼ばれる、登城する侍の従者らが控えて待つ建物がある。中間《ちゆうげん》などは何人も見えるが、町人の姿は少ない。梅治も羽織姿に身なりを整え、訴え事のある町役のような顔をして、目立たぬよう隅っこの方、酒井《さかい》雅楽頭《うたのかみ》の屋敷の塀際に立った。千鶴はその連れで、若女将《おかみ》かお嬢様という格好だ。

退出の刻限になり、御城内で詰めていた役人たちが、ぞろぞろと出て来た。腰掛にいた従者の何人かが、主《あるじ》を見つけて立ち上がる。この中で高梨を見つけるのは、確かに骨が折れそうだ。少し離れた木の陰に権次郎の姿が見えたが、やはり困惑したように、しきりに首を振っていた。

日が暮れてきたので、三人はそれぞれに手ぶらで瑠璃堂へ引き上げた。

「こりゃあ、ちょいと埒《らち》が明かねえな」

権次郎は、早くも弱音を吐く。雇った連中も、役に立たなかったそうだ。

「何百人通ったか、勘定もできねえ。あんまりじろじろ眺めてると、怪しまれて番士が出て来るかもしれねえし」

「まだ一日でしょう。もう少しは粘らないと」

励ますつもりで言ったが、権次郎はげんなりした顔になる。

「そう何度も瑠璃堂を閉めるわけにもいかないぜ」

梅治も苦言を呈したので、あと三日ほど続けて駄目なら、別の手を考えることにした。

だが、千鶴たちに運があったようだ。翌日も退出の刻限に来てみると、真っ先に出て来た数人を見た梅治が、「あ」と声を漏らした。

「見つけたの？」

千鶴は梅治が指差す侍に、目を凝らした。確かに、駿河屋で見た侍に似ている。とは言え、商売柄人の顔を覚えるのに長《た》けている千鶴でも、遠目に見ただけなのではっきり断じられなかった。

「間違いない、かな」

梅治に確かめると、頷きが返った。千鶴は「おや」と思った。梅治の顔に、ほんのり赤みがさしている。千鶴は、こちらの方へ歩いて来る相手の顔をさらによく見て、ははあと了解した。高梨らしい男は三十くらいで、目元涼しく、なかなかの男ぶりである。

「もしかして梅治、好みだった？」

囁いて脇腹を小突くと、梅治はさらに赤くなった。そうか、それでよく顔を覚えていたんだ。一目惚れしたか。

梅治が惚れるのは、女ではなく男だ。これほどの美男美女が始終一緒にいながら男女の関係にならないのは、そのためである。しかも惚れっぽく、今まで何度か厄介事を起こしていた。役者の世界から足を洗うしかなくなったのも、さる御屋敷の御小姓とそういう仲になってしまったからだ。一途に思っている相手もいるのだが、その男はあくまで梅治を幼馴染の親友と捉えており、梅治としては思いを秘め続ける他はなかった。

「まあ、お侍としちゃいい男ではあるわね」

そんな風に言ってやると、梅治は照れ隠しのように肩を揺すって、行くぞと千鶴を促した。木の陰の権次郎にも目配せする。権次郎も気付き、三人は間を置いて、神田橋御門の方へ向かう高梨を尾け始めた。

高梨は北へと歩き、不忍池《しのばずのいけ》に沿って進むと、根津《ねづ》に入った。この辺りは御家人の役宅が連なっており、その中に高梨の住まいがあるのだろうと思われた。だが高梨は松平《まつだいら》伊豆守《いずのかみ》の屋敷を過ぎたところで脇道に入った。そちらには、寺が幾つも並んでいる。人通りが減ったので、気付かれないよう苦労しながらついていく。高梨は、寺の一つに入った。近寄って門を見ると、正顕寺《しょうけんじ》と記されている。少し迷ったが、三人はそっと門をくぐった。

墓地の方だろうと見当を付けて行ってみると、思った通り墓前で手を合わせる高梨の後ろ姿が見えた。線香の匂いが微かに漂ってくる。千鶴たちは墓石の陰に身を隠した。

見守っていると、しばらくじっと墓前で過ごしてから高梨は立ち上がり、本堂へ歩いて行った。住職に挨拶するのだろう。それを見届け、千鶴は高梨の拝んでいた墓を検めた。高梨家累代の墓、と読める字が彫ってある。高梨家の菩提寺《ぼだいじ》なのだ。千鶴は少し考え、隠れて高梨が出て来るのを待つことにした。間もなく本堂から、読経が聞こえてきた。

高梨は半刻近くも経ってから、住職に見送られて出て来た。千鶴と梅治は、後を尾けるのを権次郎に任せ、高梨をやり過ごした。

高梨の姿が見えなくなってから、千鶴と梅治は、さもたった今通りかかったように装って、住職に声をかけた。

「もしご住職様、失礼をいたします」

千鶴が丁重な物腰で挨拶すると、住職は穏やかな笑みで迎えた。

「何か当寺にご用でございますかな」

「はい、今しがた通りかかりましたら、何度かお世話になりました勘定所の高梨様のお姿が見えましして。もしやこちらのお寺に所縁《ゆかり》がと思い、お伺いする次第です」

「おお、高梨様のお知り合いでございますか」

人の良さそうな住職は、さらに明るい笑みを浮かべた。

「いかにも、高梨蔵乃介《くらのすけ》様のお家は、ここを菩提寺とされております」

それであなた様方は、と聞かれるのには、蔵前《くらまえ》の両替商の娘と名乗った。

「お役目を通じまして、祖父の代より存じ上げております」

出まかせを言ったのだが、住職は得心しているようだ。

「高梨様は、本日はお参りに来られていたのでしょうか」

「左様でございます。本日はお父上の月命日でして、高梨様はご両親の御命日には、毎月欠かさずお参りになります」

それで今日は、早めに役所を退出してきたのだろう。

「月命日に必ずとは、大変に孝行なお方でいらっしゃいますね」

「いかにもおっしゃる通りでございます。お参りされる方は多うございますが、きちんと御供養まで毎月なされる方は、なかなか」

親孝行でいらっしゃる上、とても信心深い方ですと住職は続ける。

「当寺のみならず、折々に寺社参りをお続けです。当寺にも度々御寄進いただき、大変有難く存じております」

「さすがは高梨様、立派なお方ですね」

「左様、御役目も大変真面目にお勤めだそうで、上の方々の信も厚いとか。不正には厳しく、賂《まいない》なども寄せ付けぬというお人でございます」

これで高梨の人となりはだいたいわかったので、ボロが出ないうちにと、千鶴は高梨家の墓に参らせてもらってから、住職に少しばかり寄進をした。住職は謹んで受け取り、合掌で千鶴たちを送り出してくれた。

根津から菊坂台へは、池之端七軒町《いけのはたしちけんちょう》を抜けて加賀《かが》百万石の御屋敷の塀沿いに行くのが近道だ。その道筋を通りながら、千鶴が言った。

「高梨蔵乃介って人、真っ直ぐな堅物らしいわね」

「そうだな。贋金に関わるような気質のお人じゃないようだ」

「ええ。あの人が近くを通っても、邪気のようなものは全然感じなかった。でも何となく、悩み事を抱えてるような気配はしたなあ」

「そうか。千鶴さんがそう感じたなら、間違いあるまい。その悩み、贋金に関することじゃないか」

「たぶん。何か知ってるのは間違いなさそうね。独りで動いてるなら、贋金一味を追っているのかも」

「だが、どうして。贋金は、勘定所にとっても一大事だ。高梨さんが自分と、駿河屋に供をしていた直属の配下二、三人だけで調べるというのは、おかしいだろう。それを町奉行所にも隠すというのは、もっとおかしい」

千鶴は道を歩きながら、思案を巡らせてみる。

「二つ、考えられるんじゃない？」

「二つ、か。どんな」

梅治が首を捻る。

「一つは、勘定奉行様か誰かの命で、内密に調べを進めている。体面があるので、町奉行所に先んじようとしているのね」

「もう一つは」

「こっちが厄介よ。勘定所の誰かが贋金一味に加担していて、高梨さんはそれを独りでこっそり調べている。不正を嫌うお人なら、ありそうなこと」

「勘定所の誰かが、贋金を？」

梅治は一瞬、まさかという顔をしたが、すぐに思い直したようだ。

「うん、繁辰を引き込むのも、勘定所の役人が手を引いたとしたら簡単だろうな」

そう言ってから、梅治は再び難しい顔になった。

「だがそうすると、御上の面目を失わせるためにこれをやってるんだ、という千鶴さんの見立てと合わなくなるぞ」

「わかってる。だからまず、高梨さんが何をする気なのか、何を知ってるのか、聞き出してみないと」

「聞き出すって、どうやって。相手は勘定組頭だぞ」

半ば呆れ顔になった梅治に、千鶴は陰謀めいた笑みを向けた。

「信心深いお人だと、ご住職が言ってたじゃない」

十四

それから三日後、初老の尼が瑠璃堂を訪れた。応対した梅治は、すぐに控えの間を通り過ぎて千鶴の前に案内した。

「お久しぶりでございます」

尼は、千鶴の前で恭しく頭を下げた。顔も物腰も、慈愛に満ちた観音菩薩《かんのんぼさつ》のようだ。大変に徳のある尼さんだと、誰もが有難がるだろう。

「ようお越し下さいました」

千鶴もきちんと挨拶を返した。それから顔を上げ、尼の顔を正面から見ると、ぷっと吹き出した。

「はいはい、堅っ苦しいお芝居、終わりね」

尼の方も、ニヤッと笑うと、忽ちくだけた様子になった。

「他の客はいないんだね。ほっとしたよ」

尼さんは、梅治の方にも艶めいた笑みを向けた。梅治がぞくっとしたように肩を動かすと、尼さんは大笑いした。

「で、うまく行ったの」

千鶴が聞くと、尼さんは胸を叩く。

「任せな、って言ったろ。仕上げを御覧《ごろう》じろ、ってね」

尼さんの名は、妙順尼《みょうじゅんに》と言った。物腰外見から、会った人は皆、引き込まれて頼りにしてしまう。だがこの尼さん、実はとんでもない食わせ者だった。

一応は得度した尼なのだが、若い頃に男と深い仲になり、寺を追われた。揚句に贋物の仏像を使って多額の寄進を集め、持ち逃げしようとしたのだ。七年前に捕まりかけたが、自分も悪者に騙されたのだと涙ながらに訴え、見かけに惑わされた役人がそれを信じたおかげで、まんまと逃げおおせていた。権次郎は嘘を見抜いたが、直後に十手召し上げになり、お縄にするには至らなかった。だが首根っこは押さえてあるので、今では時々こうして瑠璃堂の仕事を手伝わせている。

「池之端の辺りで待ち伏せしてね。偶然行き合った風にして、呼び止めたんだ。あの高梨って侍、なかなかいい男じゃないか」

二十年若かったら放っておかないよ、などと言うのを黙らせ、先を促す。

「いかにも心配そうな顔を作って、凶相が現れてるって言ってやったのさ。ここ二、三年で御家に不幸ごとはなかったか、と聞いたらえらく神妙な顔になってってねえ」

高梨の両親がこの二年で相次いで亡くなったことは、正顕寺の墓で確かめてあった。

「続けて、御役目に関わることで何か大変に心配なことはないか、とも聞いてやった。そしたら、だんだん顔色が変わって来てねぇ」

妙順尼は、さも可笑《おか》しそうに言った。まったく、ふざけた性悪尼だ。

「このままでは、あなた様にも周りの方々にも、きっと災難が訪れ、御役目のこともうまく行かないと、恐ろしそうに気の毒そうに告げておいた」

そういう演技は、妙順尼の得意中の得意だ。信心深い高梨は、ころりと騙されたようだ。

「真面目に、どうすればいいと聞いて来るんで、手筈《てはず》通りここを教えておいた。あんたに、どんな道を取ればいいか聞けってね。早ければ明日にも来るよ」

妙順尼は、どんなもんだと胸を張った。

「ようし、上出来。ご苦労だったわね」

千鶴は満足して、梅治に目で指図した。梅治が用意していた二分を出して妙順尼に渡す。妙順尼は、ちょっと不満顔をした。

「なんだ、二分だけかい」

それはお約束の芝居で、それ以上出ないのは承知しているはずだ。

「欲をかいたら、地獄に落ちるよ」

「あんたの言う台詞《せりふ》かい」

妙順尼は苦笑しつつ、二分を懐に納めると、また用があったら呼びな、と言って帰った。

「あれで元は本物の尼さんだってんだから、もはや末法の世だな」

梅治は菊坂に出て行く妙順尼に顎をしゃくって、情けないとばかりに言った。

「役に立つんだからいいじゃない。さて、こっちは高梨さんが来るのに備えましょう」

膝を崩した千鶴は、早速段取りを考え始めた。

妙順尼が言った通り、高梨は次の日の夕刻に現れた。勤めを終えたその足で来たようだ。

「お頼み申す」

少し強張った声が聞こえ、高梨だとすぐにわかった。梅治はいそいそと迎えに出た。控えの間に通った高梨は、緊張の面持ちであった。占いなどに騙されまいと構えているのか。いや、それなら初めから妙順尼の誘いには乗るまい。抱えているものが、相当に重いのだろう。邪気のようなものは、やはり感じ取れない。

覗き穴から一通り様子を見た千鶴は、梅治に奥に通すよう告げた。高梨の素性は既にわかっているので、いつものように洞察の力を発揮する必要はない。千鶴は占いの間に座り、高梨を待った。

千鶴の前に出た高梨は、堅苦しく挨拶をした。

「高梨蔵乃介と申す。千鶴殿の御高名はそれがしも耳にいたしております。よろしくお願い申し上げる」

「私のような者をお訪ねいただき、誠に恐れ入ります」

千鶴は柔らかく微笑んだ。堅物の高梨には逆効果かもと思い、胸元はきちんと閉じている。

「この何年かで、近しいお方を亡くされましたか」

高梨は、はっとしたように眉を上げる。

「いかにも、一昨年に母が、昨年に父が、相次ぎ他界いたした」

「左様でございましたか。おいたわしゅう存じます。しかしながら高梨様は、孝に篤く信心の深い、御奇特なお方とお見受けいたします。ご両親も、御満足でおられましょう」

「これは痛み入る」

高梨の頬が緩んだ。千鶴の言葉が嬉しかったようだ。まず出だしは良し、と。

「御役所にお勤めでございましょうか。何か、お金にまつわる御役目かと存じますが」

高梨が身じろぎした。少し迷う風であったものの、一息つくと口を開いた。

「勘定所勝手方に勤めております」

ああ、と千鶴はゆっくり頷いて見せる。

「差し出がましいことを口にして申し訳ございませんが、御役目の上で何か、お悩みのことがおありでしょうか」

高梨は眉根を寄せた。

「そう見えますか」

「お気に障りましたら、お許しを。ですが、肩に重き荷を載せられているような、そんな気が伝わって参ります」

「気、と言われますか」

「はい。人は皆それぞれ、内に抱えるものを気として発します。良い気もあれば、悪い気もございます。高梨様からは、何やら重々しいものを感じます」

「なるほど。さすがの御眼力、感服仕《つかまつ》った」

今の話に、高梨は素直に感心したようだ。いい流れだわ、と千鶴は安堵する。

「本日お望みの占いは、そのことについてでございましょうか」

いかにも、と高梨は肯《がえん》ずる。

「いささか厄介な事に行き当たりましてな。それがしの思うところを押し進めれば、様々に軋轢《あつれき》が出る。ここは周りを慮《おもんぱか》って控えるべきか、信ずる通り進むべきか、思い悩んでおります」

「左様でございましたか。それはお辛いこと。この場にて占わせていただきます」

千鶴は紙を出し、高梨の生地、干支《えと》、生まれた月日を聞いて記した。

「お悩みの厄介な事が起きましたのは、いつでございますか」

「初めは、この五月にござる」

贋小判が出始めた頃だ。高梨を悩ませているのは、やはり贋金だ。千鶴は占い台を引き寄せ、今書きつけた紙を畳んで火鉢にくべた。普通に炎があがる。

千鶴は水晶数珠を手に掛け、いつもより長めに振った。それから合掌し、手を火鉢の上に滑らせる。一拍置いて、青緑の炎が立った。千鶴は炎を拝んでから、高梨に言った。

「失礼ながらお尋ねいたしますが、お悩みのことについて、もしや上の方々とお考えが合わない、ということはございましょうか」

高梨は、明らかな動揺を見せた。

「それは……ないとは申せませぬ」

「やはり、あるのですね。それが高梨様の信ずるところの妨げになっていると」

「いや、妨げとは。ただ、大事を控えた今、考えが割れる中で波風を立てるのは控えよと……」

「大事と申されますと」

高梨は、まずいとばかりに顔を顰めた。

「いや、それは忘れていただきたい」

「左様でございますか。失礼を申し上げました」

千鶴は一度詫びてから、改めて数珠を持ち上げた。

「私からお伝えできますことは、ただあなた様の正しいと思われる道をお行きなさいませ、ということです。近くはいろいろ軋轢もございましょうが、目を先の方にお向けになれば、光明が見えてまいります。そうなさることが吉でございます」

「長い日で見れば、己の道を行くのが良い、と言われますか」

高梨の顔が、明るくなった。自信を持てたようだ。

「よくぞ言っていただいた。いかにも、決めた道を迷うなど武士としてあってはならぬこと。目が覚めました。誠にかたじけない」

居住まいを正した高梨は、深々と頭を下げた。こんな風に喜んでもらえれば、この商売をやっている甲斐《かい》があるというもの。千鶴は心からの微笑みを返した。高梨は、些少《さしょう》ではござるがと言って、二分を置いて帰った。足取りも軽くなっていた。

高梨が菊坂を上がり始めた頃、権次郎が襖を開け、顔を出した。

「うまく運んだようじゃねえか」

まあ、こんなもんよと千鶴は片方の目をつぶる。

「さすがに詳しいことは聞けなかったけど、勘定所が何か大事を控えてるってことはわかった。高梨さんが自分で贋金のことを調べようとすると、波風を立てるのはやめとけって言われたようね」

「でも諦められず、独りで動いていたわけだ。千鶴さんに背中を押されたから、もっと深い所にまで手を突っ込もうとするんじゃないかな。大丈夫かな」

梅治は、少し心配に思っているらしい。おいおい、惚れた弱みかと権次郎がからかうと、梅治は嫌な顔をした。

「それで大事ってなァ、何だろうな」

「そうねえ。贋金とか、お金に関わる話には違いなさそうだけど」

「考えが割れてるとも言ってたな。その大事、勘定所の中でも賛同する、しないで意見が割れてるってことかねえ」

権次郎は首を捻っている。

「うーん、勘定所の御役目で、直にお金に関わることで、中で意見が割れるほどの大事っていうと……」

しばらく頭を回していた千鶴は、ふいに思い当たった。

「まさか……吹替え？」

十五

千鶴たちを迎えた駿河屋平右衛門は、困惑したように眉間に皺を寄せた。

「吹替えについて、でございますか。どうして千鶴様がそのようなことをお知りになりたいので」

「はい。お名前は申せませんが、先日占いにお越しになったお方が、お金の吹替えがあるのではないかということをしきりに気にしておられまして。それに関わる占いをご所望でしたが、吹替えのことについては私もよく存じませず、後学のためご教示いただければと、かように思いまして」

「はあ、そんなお方が。それで、占いの方はいかようになりましたか」

「申し訳ございません。それについては、申せませぬ」

他人の占い事の結果を口にできないのは当然なので、平右衛門も「これはご無礼しました」と引き下がった。

「お金につきましては、先日来の贋金のことで、駿河屋様のみならず世間の皆様方も、何かと心配なさっております。吹替えを噂するお方もいらっしゃるようですね」

贋金、と聞いて平右衛門が渋い顔になった。傷口が疼《うず》くのだ。

「まあそれは、贋金がはびこれば吹替えの噂が出ることはあるでしょうな」

「左様でございますか。そもそも吹替えとは、何のために行うのでしょう」

それはですね、と平右衛門は咳払いする。

「吹替えには二通りありまして、小判や銭の質を良くする場合と、悪くする場合がございます。今もしやるなら、質を悪くする方でしょうな」

「質を悪くして、何か良いことがあるのですか」

「御上が儲かります」

千鶴たちは、揃って首を傾げた。平右衛門は笑って、素人にもわかるように説明を続ける。

「お金を造って世に流すのは、御上の仕事です。扱うのは無論、勘定所です。もし一両と決まっている小判に含まれる金《きん》の量を減らせば、どうなるでしょう」

「小判の値打ちが下がりますね」

「そうです。でも、使う分には同じ一両です。そこで質の良かった吹替え前の小判を使えなくして、全部を新しい質の悪い小判と交換させる。新しい小判と前の小判との値打ちの差は、お金を造っている御上の懐に入るわけです」

あっそうか、と権次郎が膝を叩いた。

「小判の元になる金は、御上の金山から出てる。同じ一両でも使ってる金の量を減らすとなりゃ、御上は濡《ぬ》れ手で粟《あわ》ってわけだ」

「平たく言うと、そういうことですね」

平右衛門は、辺りを憚《はばか》るように声を低めた。両替商として御上を非難するような物言いは、避けたいのだろう。

「ま、御上の懐具合が苦しいってのは、今に始まったことじゃねえしな」

権次郎は肩を竦めた。

「贋金とは、どんな関わりがあるんでしょうか」

梅治が聞いた。平右衛門は、なくはないという程度ですが、と答える。

「贋金がたくさん出回れば、それを防ぐために、吹替えで新しいお金にしてしまうという方法があります」

「正しいお金も贋金も、古いのは全部使わないようにすれば自ずと贋金は消える、というお話でございますか」

千鶴は何となく合点がいかないまま、言った。

「いささか乱暴と言えば乱暴ですがね。でも、御上がもともと吹替えを考えていたなら、いい機会だと思われるかもしれません」

なるほど、それはありそうだ。もしかすると高梨は吹替えに反対で、贋金一味を潰せば安易に吹替えに走るのを止められる、と考えたのではないか。

平右衛門はさらに、吹替えの手順や仕組みについて、噛み砕いて話してくれた。千鶴は丁重に礼を述べて駿河屋を辞した。


「さて、次はどうするね」

神田川沿いの柳原《やなぎわら》通りに面した小料理屋で昼の膳を前にして、権次郎が言った。

「高梨さんを手伝うかい」

「勘定所のお役人を表立って手伝うなんて、できないでしょ。こっちはこっちで動かないと」

里芋の煮物と栗飯《くりめし》を代わる代わる口に運びながら、千鶴が返した。

「じゃあ、何からやる」

「そうねえ」

千鶴は口に物を詰めたまま、首を傾げた。巫女姿の今日は、もう少し上品な仕草を心がけないといけないのだが。

「何にしても、贋金造りの工房を見つけないとね。佐平さんのことがあるから」

「工房か。当てはあるのかい」

権次郎が聞くと、梅治が「内藤新宿」とひと言告げた。

「ああ、佐平が金を返しに来たり、繁辰の生き幽霊が出たからか」

権次郎も、うんうんと頷いた。

「けど、内藤新宿なんかに工房を作れるかい」

「新宿ってことはないでしょう。賑やか過ぎる」

内藤新宿は旅籠《はたご》屋五十軒、引手茶屋八十軒が並び、公認非公認合わせて数百人の飯盛り女を抱える有数の盛り場だ。そんなところに大勢の職人や用心棒を雇う贋金工房があれば、噂になるのは避けられない。

「新宿じゃなくても、街道沿いにあるんじゃないか」

梅治が言った。

「うん、そいつはそうかもしれねえが」

権次郎は、また思案顔になる。

「それにしたって広過ぎらァ。甲斐の国とまでは言わねえが、八王子《はちおうじ》までだってずいぶんある。どう捜すんだい」

そこで千鶴が、待ってと言った。

「佐平さんは、新宿の仁吉郎に夜中に会いに来た。たぶん見張りがいて、昼間は工房を出られないから、夜中にしたのよ。朝までには工房に戻ってなきゃいけなかったんでしょう」

「なるほど。一晩で内藤新宿まで往復できるところ、ってわけか」

梅治は、それは道理だと頷く。

「もっと言えば、みんなが寝静まって少し経ってから出て、起き出す夜明け前までに戻れるところね」

「とすると、そうだな……暗い夜道を歩くことを考えると、片道二里半（約一〇キロ）くらいで一杯かな。てことは、だ」

梅治は頭の中で勘定して、答えを出した。

「甲州《こうしゅう》街道なら高井戸《たかいど》の先辺り、青梅《おうめ》街道なら阿佐ヶ谷《あさや》村か高円寺《こうえんじ》村辺りだ。その辺なら江戸から遠過ぎない一方、町方の目は届かない」

「もっと近くってことはねえか」

念を押すように権次郎が聞いた。

「いや、内藤新宿に仁吉郎を呼び出したってことは、そこが一晩で行き来できるぎりぎりなんだ」

「そうか。けどよ、街道沿いと決まったもんでもねえだろう。内藤新宿から二里半離れてりゃ、街道から外れた場所でもいい」

権次郎が異論を挟んだが、千鶴はかぶりを振った。

「そんな田舎の外れなら、真っ直ぐなわかり易《やす》い道はないでしょう。通い慣れた道ならまだしも、暗い中で不案内な者が二里以上も歩くなら、本街道しかない。工房は、街道筋からあまり離れていないところに違いないわ」

権次郎は少し考え、それもそうだと認めた。

「それでもだ。贋金みてぇな危ないものを造ってる工房なら、夜通し見張りを置いてるんじゃねえのかい」

「しかし現に佐平は抜け出して来てるんだ。何か手があるんだろう」

まあそれは、今考えなくてもいいだろうと梅治は言う。

「あと、文のこともあるわよ。佐平はどうやって仁吉郎宛の文を出したか。まさか真昼間に、宿場の飛脚問屋に出向いたわけじゃないでしょう」

「うん。案外その辺から手繰れるかもしれないな」

言ってから梅治は、少しばかり眉をひそめた。

「しかし仁吉郎に文が出せるなら、お夏さんにだって出せたろうに」

心配せずに待てとか、逆に助けてほしいとか、知らせてやる心配りがあってもいいだろう、と言いたいのだ。が、これには権次郎が「そりゃ駄目だろう」と言った。

「こういう連中なら、佐平が裏切らねえよう、妙な考えを起こしたらお夏をどうにかする、と脅しをかけるくらい、やってるだろう。佐平が本気でお夏に惚れてるなら、できる限り巻き込みたくねえだろうからな」

「そうか。考えが足りなかったな」

梅治は俯いた。

「だったら、尚更《なおさら》早く佐平さんを助け出してあげたいわね」

千鶴が言うのを聞いて、二人は顔を引き締める。

「考えたんだが、阿佐ヶ谷村とか高円寺村じゃあ、難しいんじゃないか。こっそり文を託せるような店もないだろう」

梅治が言うと、権次郎はもっともだと頷いた。

「やっぱり甲州街道か。よし、明日高井戸へ行って、聞き込んでみよう」

権次郎が顎を引いて言った。

「見立て通りなら、敵の本丸に近いところよ。充分気を付けて」

千鶴が老婆心を出すと、権次郎は素人じゃあるまいし、と笑った。


翌日、権次郎は千鶴たちに見送られ、朝の暗いうちから出て行った。

「いったいどこまで行くんだい。夕餉はどうするね」

前夜に頼まれていた握り飯を渡して、おりくが尋ねた。

「だいぶ遅くなるから要らねえ。ことによると、泊まりかもしれねえ」

「ずいぶん遠くみたいだね」

権次郎の足元の脚絆《きゃはん》に目を向け、首を傾げながら言う。

「ちょっと待ちな」

おりくは厨から火打石を出してきて、縁起の切り火をしてやった。

「何でぇ、大袈裟だな」

権次郎は笑って手を振ると、白んできた空の下、菊坂を上って行った。その背を見ながら、おりくが千鶴に囁いた。

「お蓮さんのことがあるからね。無理しなきゃいいけど」

やはり権次郎の胸の内では、仇討ちが燃えているのだ。

「ここは権次郎さんを信じましょう」

千鶴が言うと、おりくは母か姉が子や弟を気遣うような目をして、「そうだねえ」と呟いた。


日が高くなったので瑠璃堂を開けた途端、まるで合わせたように小原田が入って来た。

「まあ小原田様。朝早くからのお越し、恐れ入ります」

油断していた千鶴は、急いで巫女姿に着替えて小原田の前に出た。

「本日は、どのような」

「おう。先立ってお前から聞いた、金細工職人のことだ。吉田屋に出入りしてたって奴。敏造ってんだが」

ああ、そのことか。

「はい。行方が知れないというお方でございますね」

「三月余り前、いやもう四月に近いかな。その頃にいなくなったんだが、聞き回らせてもどこに行ったか、わからねえ。だが、他にも太助って奴と佐平って奴も消えてる。こいつらも、金細工職人だ」

「まあ、三人も」

千鶴は、しれっと目を丸くする。

「まだ確かめてねえが、噂じゃあと二人ほど春頃に消えた職人がいる。まとめてこれだけとなると、只事《ただこと》じゃねえやな」

小原田は、千鶴の目を覗き込むようにする。

「お前の話じゃ、贋金造りの関わりだと見てるようだったたな。手掛かりを摑んでるなら、さっさと言っちまえよ」

「そんな。お話を漏れ聞いただけでございます。私など、それ以上のことは何もわかりませぬ」

ふうん、と小原田はまだ疑わしそうに見返してくる。面倒な奴だなあ、と思ったが、千鶴の頭にふと一計が浮かんだ。

「あの、もし何でしたら、そのお方の行方を占ってみましょうか」

「何、占うってか」

小原田が身を乗り出した。控えていた梅治が、ちょっと驚いた顔をする。

「そいつはいい。やってみてくれ」

言ってから、はっと懐に手を当てた。千鶴は微笑みを投げてやる。

「私から言い出しましたことです。お志は、結構でございます」

そうかい、と小原田は見るからに安堵したようだ。それじゃあ頼む、と胡坐をかいた。

「かしこまりました。では、少々お待ちを」

千鶴はいつもの場所に座を占め、手を合わせると、水晶数珠を取った。

「そのお三方の、お生まれの場所や日にちはおわかりでございますか」

小原田は懐から書付を取り出し、読み上げた。調べたことの覚え書きらしい。千鶴はわかりましたと言って白紙の御札にそれを書き、火鉢にくべた。適当に数珠を振り回し、手を動かして炎を桃色に変えてやる。小原田はきちんと座り直して、じっと目を注いでいた。見ているのが炎なのか千鶴の胸元なのかは、よくわからないが。

頃合いを見て、千鶴は気付かれないよう風を送り、炎を揺らめかせた。そこで驚いたように一瞬動きを止め、改めて炎に合掌する。この辺は、細かい芸だ。

「これは……どう見たものか」

千鶴は、迷って眉をひそめているように装った。小原田は、食い付いた。

「何だ、どうした」

「はい……どうやら皆様、難事に巻き込まれているようにお見受けします」

「そうか。やっぱり贋金か」

「そこまでは、しかとは申せません。ただ、行方につきましては……」

千鶴は躊躇いがちに言う。

「お三方とも、酉《とり》の方角を示しております」

「酉？　西の方にいるってことか」

小原田は勢い込んだ。

「はい。おそらく、そちらの方に。同じ場所においでかと思われます」

「西のどの辺だ。江戸の中か」

「そこまでは、ちょっと。ですが、すぐに行けるほど近くはございませぬ。かと申して、遠国でもございません。もし甲斐や信濃《しなの》であれば、このように気を捉えることはできませぬ」

「じゃあ……武蔵《むさし》のどこかか」

「はい。それも、さほど奥ではございますまい」

そこまで言ってから、千鶴は済まなそうに頭を下げた。

「申し訳ございませんが、お聞きしたことからでは、ここまでが精一杯でございます」

詫びられた小原田は、却ってどぎまぎしている。

「い、いや、いいんだ。もともと何もわからねえところでそこまでやってくれりゃ、充分に有難ぇ。いや、済まなかった」

小原田は居住まいを正して礼を言った。

「西の方を、お捜しになるのですか」

「まあ、できることはやってみる。邪魔したな」

小原田は意気が上向いた様子で、忙《せわ》しなく引き上げた。その後ろ姿に、梅治が失笑を漏らす。

「千鶴さん、うまく乗せたな」

「ふふっ。これで小原田さん、内藤新宿までは調べてくれるわよ。もし何かわかったら、喜んで自慢しに来るでしょうから、聞き出して上前を撥《は》ねればいいわ」

「八丁堀を便利道具扱いだな。小原田の旦那もご苦労なこった」

梅治が高笑いした。町方は江戸の外まで調べに出ることはできないが、内藤新宿よりこちら側の道筋に何か手掛かりが残っていれば、見逃しはしないだろう。

権次郎が戻ったのは、翌日昼近くだった。ちょうど客が帰ったところだったので、千鶴と梅治はすぐに話を聞いた。

「昨夜はどこかに泊まったの」

「ああ、内藤新宿だ」

梅治が、ニヤリとする。

「そりゃあ、散財だったんじゃないのか」

「うるせえな。遊んだわけじゃねえや」

権次郎が目を怒らせたので、梅治は「済まん済まん」と引き下がった。

「まず高井戸に行ってみたんだが」

千鶴と梅治は、期待して顔を寄せた。権次郎は、まあ待てと言う。

「知っての通り、あそこは上高井戸と下高井戸に分かれてる。両方で、旅人でない職人風の見慣れない男がこの三月ほどの間に宿場に居ついてたりしないか聞いてみたんだが、空振りだった。やっぱり普段は工房に閉じ込められてるんだろう」

千鶴は肩を落とした。

「しょうがないか。好き勝手に出歩けるとは思えないし、私たちは佐平さんや繁辰さんの顔も知らないんだものね」

「いや、それでも丸きり手ぶらってわけじゃねえ」

　権次郎が思わせぶりに言うので、千鶴と梅治はまた顔を上げた。

「例の、仁吉郎を誘い出した文だ。飛脚問屋はないが、下高井戸に文を預かって飛脚に頼むのを請け負ってる旅籠がある。一月半ほど前の夜中、子《ね》の刻（午前零時）頃だったと言うんだが、戸を叩く奴がいてな。番頭が起きて出てみると、若い職人風の男が、文を頼みたいってんだ」

　お見事、と千鶴は目を輝かせる。

「それ、佐平さんだったのね」

　権次郎は、間違いなかろうと答えた。

「宛先は、仁吉郎だったそうだ。夜中なんで断ろうと思ったんだが、釣りは要らねえと一朱も出したんで、引き受けたとさ」

「賭けてもいいが、そいつァ贋金だな」

　梅治が言うと、権次郎も「だろうな」と返す。

「まァその旅籠じゃ、江戸の贋金のことなんざ、さして気にしてなかったろう。確かめることもしなかった」

宿の番頭は、次の日に来た飛脚に託して帳面に付けておいた。夜中に頼まれるなんて例のないことなので、日付も覚えていた。仁吉郎が内藤新宿に出向く十日前だ。

「帳面に付けたなら、差出人の名も書いてあるんじゃないの」

千鶴が思い付いて聞いてみたが、権次郎は「そう簡単には行かねえ」と言った。

「帳面を見てもらったら、五助《ごすけ》と書いてあった。本名を名乗るほど佐平も馬鹿じゃねえ、ってことさ」

「そうか。もっともだね」

千鶴は頷いてから、高井戸では他に何か、と問うた。

「いや、あまりねえ。ただ、この半年ほどの間に、クセのありそうな連中が宿場に出入りするようになったそうだ。やくざっぽいのが何人か。侍も三、四人」

「浪人の用心棒かしら」

「そういうのもいるが、もっとちゃんとした侍もいたようだ。こいつらが贋金の一味なのかどうか、さすがにわかりゃしねえが」

「しかし、確かに怪しいな。やっぱり贋金の工房は、高井戸だと見て外れちゃいるまい」

梅治は自分の見当が正しかったとばかりに、満足そうな笑みを浮かべた。

「それからもう一つ。内藤新宿で仁吉郎が泊まった宿を探して、俺もそこに泊まった。

番頭にちょいと小遣いを握らせて、仁吉郎のことを聞いたんだ。格二の言ってたことに、間違いはねえ。だが夜中に佐平が来たことは、番頭は気付いてなかった」

「それはしょうがないわ。格二の話の裏取りができただけで充分よ」

ご苦労様、と権次郎の背を叩いてから、昼間だが構わないだろうと、千鶴はおりくに権次郎を労《ねぎら》う酒を頼みに行った。悪党に近付き過ぎるのではと心配はしたが、何事もなく済んで良かった、と千鶴は胸を撫で下ろす。おりくもほっとするだろう。

だが、そうは問屋が卸してくれなかった。

十六

千鶴は、大きな家の中にいた。誰の家かわからないが、知っている場所だ。奥の方で、人の声と音がする。そっちへ行ってみると、何人もが車座に座り、屈んで何か作っている。覗き込むと、きらきら光る小判がたくさん床に落ちていた。そこにいる連中は、小判を槌《つち》で叩いている。こうすると金が増えるんだ、幾らでも、とそいつは言った。叩くと、確かに小判が増えた。だが大きさも色も、まちまちだ。それは贋物だ、と言おうとしたが、声にならない。気付くと、そいつらのうち何人かの腕は、毛むくじゃらだった。何なの、と叫びかけると、皆が顔を上げてこっちを見た。その顔は、狸《たぬき》だった。唖然としたところで、周りが暗くなった。暗闇が、体を締め付けてくる。そんな息苦しさに、千鶴は喘《あえ》いだ。いったいこれは、何……。

千鶴は、はっと目覚めた。変な夢だった。だが、すぐに気付く。現《うつつ》に戻ったはずなのに、体を締め付けるような黒い何かは、周りに満ちたままだ。この嫌らしい気は、夢じゃない。

千鶴は布団をはね飛ばし、隣の部屋の襖を叩いた。

「梅治、梅治、起きて」

呻くような声が聞こえ、梅治が襖を開けた。半分寝ぼけたような、覚束《おぼつか》ない口調で尋ねる。

「何だ千鶴さん、どうした」

「厄介事よ。急いで」

「厄介事？」

「凄い邪気に囲まれてる。誰か襲ってくるよ」

梅治が、たちまち正気を取り戻す気配がした。一拍置いて、張り詰めた声で囁く。

「微かだが、足音がする。何人か、入って来てるな」

千鶴は「わかった」と応じ、襦袢《じゅばん》姿のまま梅治と廊下に出た。足音を殺して瑠璃堂に向かう。先を進む梅治の方に手を伸ばすと、硬いものに触れた。木刀を持っているようだ。

瑠璃堂と庫裡の間は、短い渡り廊下で繋がっている。そこへ出たとき、庭に数人の黒い影が微かに見えた。千鶴は、ぞくりとした。これだけ離れていても、そいつらからは刺々《とげとげ》しい真っ黒な邪気が、濃く放たれているのがよくわかった。梅治がぐっと千鶴の手を引く。二人は瑠璃堂の戸をさっと開け、飛び込んだ。

渡り廊下に曲者《くせもの》が飛び乗る音がした。千鶴たちに気付かれた以上、もう忍んでいる必要はないと見切って、攻めに移ったらしい。千鶴は瑠璃堂に身を隠すとすぐ、脇の柱の陰に下がっている紐を引いた。

ぶん、と風を切る音に続いて、悲鳴が上がった。渡り廊下にいた曲者が、撥ね飛ばされたようだ。隠し止めていた丸太が放たれ、鐘つきのように曲者の顔を打ったのだ。

一人は片付けたが、まだ大勢いる。渡り廊下から、二人ばかり入って来た。勝手がわからないせいか、幾分慎重になっている。じりじりと進んで襖を開け、控えの間の隣に踏み込んだ。

ちょうどお堂の中央に来たそのとき、千鶴は別の紐を引いた。お堂の屋根のてっぺんが開き、上に載っていた宝珠が真下に落ちた。鉄の塊のような代物だから、てっぺんの高さから落ちてくるのに当たれば、頭は卵の殻のように砕ける。が、そこにいた男は少しばかり運が良かった。異様な気配に気付き、体を捻ったせいで、宝珠は頭ではなく肩に当たった。だが、肩の骨を粉々に砕くには充分だった。

もう一人は、ぎょっとして動きを止めた。暗くてわからないが、天井を仰いだのだろう。それでも、立っているところは気配でわかる。潜んでいた梅治が、そいつの脇腹に木刀をめり込ませた。曲者は、声も出さずに倒れた。

三人やっつけた、と思ったとき、瑠璃堂の雨戸が引っ剝《ば》がされ、庭と表から同時に四、五人がなだれ込んだ。千鶴はまた紐を一本、引いた。

廊下と座敷を隔てる障子を、曲者が引き開ける。同時に、障子のすぐ内側に天井から分厚い板が落ちて、廊下との間を遮断した。曲者にとって間が悪いことに、一人は既に座敷に踏み出しかけていて、板はその足に落ちた。無論ただの板ではなく、鉄板を裏打ちしてあって、鉄砲玉も通さない。重さも半端ではないので、曲者の足は押し潰された。

曲者は踏んづけられた蛙《かえる》のような声を上げた。仲間の一人が、板を破ろうと思い切り蹴る。だが、板はびくともしなかった。たぶん蹴った足の指の骨が折れただろう。

表から入った二人は、控えの間を回り込み、占いの座敷に裏側から入ろうとした。そこに千鶴と梅治がいると見たようだ。しかしそれは、こちらもお見通しだ。千鶴はまた別の紐を引いた。

二人の曲者が乗った畳が、突然沈み込んだ。あっと言う間もなく、二人はぽっかり空いた穴に転がり落ちた。この穴は滑り台のような造りで、こちらを開くと同時に石垣の隠し扉が開き、菊坂に抜けるようになっている。落とし穴としても、抜け穴としても使える仕掛けだった。落ちた二人は、頭から真っ逆さまに菊坂へ滑っていったはずだ。

あと何人だ、と千鶴は目を凝らした。すると、庭に下りた梅治が、刀を構えて相手と対峙《たいじ》しているのがわかった。地面に一人、倒れている。おそらく、木刀で倒した奴から刀を奪ったのだろう。しかし梅治が真剣で対峙しているとなると、向こうも相当な腕らしい。さらにもう一人、横にもいる気配がする。千鶴は息を殺し、動かずにいた。

見かけでは想像もつかないが、梅治はかなりの使い手だ。貧乏御家人の家に生まれ、金がないので学問は難しいが、せめて武道はと、父親が懇意の師範に付けてくれたのだ。役者の道に入りたかった梅治は、嫌でしょうがなかったそうだが、素質はあったのだろう。勘当され、侍をやめたとき、師範はひどく残念がったという。

向き合った二人は、じっと動かず、睨み合っていた。顔は無論見えないが、双方の刀が弱い月の光を受けて光っている。間合いを測っているのか。

やがて、業を煮やしたらしいもう一人が、いきなり横から斬りかかった。が、こちらは町人のやくざ者らしく、匕首だ。気配と共に、梅治の刀が一閃《いっせん》した。ぎゃっという悲鳴が上がり、何かが地面に落ちた。匕首だけではなく、腕ごと斬り落としたようだ。そのやくざ者は地面に倒れ、転げ回っている。

これで気が乱れた。梅治の相手の侍が、すかさず踏み込んで来た。振るった刀を、梅治の刀が受ける。火花が飛び、千鶴は身を竦めた。

侍と梅治は一旦離れ、再び構え直した。侍の刀が上がる。どうなるんだ、と千鶴が青ざめたとき、菊坂の方で呼子《よぶこ》が鳴った。侍が、ぎくっとしたように動きを止めた。それも一瞬のこと。侍はぱっと身を翻すと、菊坂の方へ走り出て行った。腕を落とされたやくざ者が、よろめきながら後を追う。横の方で倒れていたもう一人の侍らしいのも、ふらふらと立ってそれに続く。さらにあと三人が、転がるように逃げて行った。梅治は追おうとはしなかった。

瑠璃堂に戻ると、落ちてきた厚板に足を挟まれて動けず呻いている奴と、宝珠に肩を砕かれて気を失っている奴が残っていた。後の連中は、逃げられる程度には息を吹き返したらしい。

門から、権次郎が駆け込んで来た。火を灯《とも》した提灯《ちょうちん》を持っている。さっき呼子を吹いたのは、権次郎に違いない。

「おい、そっちは大丈夫か。怪我はないか」

ひどく心配そうな声なので、千鶴はできるだけ元気に返事した。

「ええ、大丈夫よ。こっちに押し込んだ奴らは、片付けた」

盤石のように言ったが、実は足が震えて止まらなかった。仕方なく、廊下に腰を下ろす。

「全部で十人だな。六人逃げたが、穴から滑り落ちた二人はどうなった」

梅治が聞いた。ああ、あれか、と権次郎が笑う。

「馬鹿な奴で、一人は自分の匕首を、転げ落ちる拍子に自分の脚に突き刺しちまった。動けなくてもがいてたから、ふん縛っておいた。もう一人は、仲間を放って逃げちまった」

「中で二人、半死半生になってるのがいる。捕らえたのは、都合三人だな」

「そうか……おっと、こりゃ何だ」

権次郎は、躓《つまず》いたのが斬り落とされた腕だとわかって、顔を顰めた。

「お見事だなあ。けど、こんなもん置いとかねえでくれ」

「後で片付けるさ。瑠璃堂も元に戻さないといけないから、明日は休みにするしかないな」

梅治は刀を置くと、千鶴を振り返った。

「千鶴さん、さすがだな。あいつらの纏《まと》った邪気を、壁越しに感じ取ったのか」

梅治が、おかげで助かった、と笑みを浮かべた。

「ええ。あれほどの邪気を感じたのは、初めてよ。人数が多いせいもあったろうけど、必ずこっちを殺そうって気で来てたのね」

あのまま寝ていたらどうなったか、と千鶴は身震いした。

「それにしても、この仕掛けが役立つ日が本当に来るとはなあ」

後ろで権次郎が、すっかり様相を変えた瑠璃堂を見ながら、溜息混じりに漏らした。


瑠璃堂にこんな幾つもの仕掛けを施したのは、ここを建てた棟梁《とうりょう》だ。棟梁は古い馴染みで、千鶴の出自を承知しており、その目指しているところも知っていた。

「お嬢様のお気持ちはよくわかります。ですがやはり、昔のことは捨てて新しい暮らしをお続けになる方が。そのお手伝いは、させていただきます」

ここを建てるとき、棟梁はそんなことを言った。

「そうはできないと、よくご存じでしょう。店を再興すること、死んだ両親のためにもあたしは諦めません」

千鶴はもともと、さる札差《ふださし》の大店の娘であった。その店は潰れ、両親は失意の中で亡くなった。世間はいろいろ言ったが、店が潰れたのは父の落ち度ではなく、嵌められたのだと千鶴は信じている。だからこそ、何としても店をもう一度立ち上げたい。そのために、怪しげな占いで荒稼ぎをしているのだった。そのうえ、嵌められたことへの反発からか、あくどいやり口や弱い者苛《いじ》めには、どうにも我慢できず首を突っ込んでしまう。占いの仕事は、そんなとき大いに役に立った。棟梁はそんな千鶴の危うさを、腹の底から心配していたのだ。

「そうですか。それじゃあ、あっしが今できることをさせてもらいましょう」

千鶴の決意が動かないと知って、棟梁は格安で瑠璃堂を建ててくれた。そのうえ、千鶴が危ないことに巻き込まれるのを見越して、様々な仕掛けを組み込んだのである。実のところ、半ばは棟梁の趣味か腕試しだったのかもしれない。千鶴も面白がり、遊び半分で受け入れたのだが、まさか実際に使うことになるとは思っていなかった。

「棟梁が聞いたら、自慢するか卒倒しちゃうか、どっちかしらね」

ようやく人心地がついてきた千鶴は、隠居した棟梁に心で感謝しつつ、苦笑した。

「さてと、仕掛けを片付けよう。じきに捕り方が来るぜ」

権次郎は、ぱんと一つ手を叩くと、縁先から瑠璃堂に上がった。

夕方になって瑠璃堂に来た小原田は、あまり上機嫌とは言えなかった。

「お縄にした三人だが、ろくに何も知っちゃいねえようだ」

瑠璃堂を襲って捕まった曲者たちは、おっとり刀で駆け付けた小原田たちに番屋にしょっ引かれ、医者の手当てを受けてから厳しく取り調べられていた。だが小原田の様子からすると、実のある話は出てきていないようだ。

「誰に雇われたかも、言わないのですか」

千鶴が聞くと、小原田はむすっとして「そうだ」と答えた。あの騒ぎで寝ることができなかった上、朝から掃除と片付けで大変だった千鶴は、眠くてしょうがない。欠伸を懸命にこらえ、せめて少しでも新しい話はないのかと食い下がった。

「では、どう言われて来たのです」

「瑠璃堂を襲って、女一人と男二人を始末しろ、と、それだけだ。理由は教えてもらえなかったが、金さえもらえれば文句はない、と割り切ったんだ」

「まあ、私たちを殺そうと。何ということでしょう」

千鶴は怯えて震え上がる格好をする。それを見た小原田は、大丈夫だと宥めた。

「何人も怪我させられてしくじったからな。これだけ痛い目に遭えば、もう来ねえだろう。しばらくは、何人か見張りを付けてやる。二度と手出しさせねえから、安心しろ」

小原田は胸を張ってみせた。いつもの揶揄《やゆ》の混じった態度は消して、頼り甲斐のある男になり切っている。本気で心配している、と言うより、千鶴にいいところを見せたいという下心が透けているのが可笑しかった。

「それほどにお気遣いを。私どもだけでは心細いところ、ありがとうございます。本当に恐ろしゅうございました」

　ここは、乗っかっておいた方がいい。千鶴は、か弱い女が縋《すが》ろうとするような目で、小原田を見つめてやる。小原田の頬に朱が差して来た。

「ああ、まあ、任せておけ。いずれこいつをやらせた奴も、俺がきっとお縄にしてやる」

「はい。どうかお願いいたします」

　小原田は、おう、と腰の十手を叩いた。

「しかし、これほどの恨みを持ったァ、どんな相手なんだ。心当たりは本当にねえのか」

「はい。占いの結果がお気に召さない方はいらっしゃいますが、お怒りになるほどのお方は滅多に。でも……」

　千鶴の客が占いに従って取引をやめたり、縁談を取り消したりしたために、その相手方が大きな損を蒙《こうむ》ることは、あり得る。そのために逆恨みした者がいるかもしれない。客の関係先までとなると、どんな差し障りが出ているのか千鶴にはわからない。

そう言ってやると、小原田は考え込んだ。

「なるほど。巡り巡って、占いのせいで酷《ひど》い目に遭ったと思う奴もいるか。あんたのせいでもないのに恨まれるってのも、ないとは言えねえな」

「これはかりは、どうしようもございません。良かれと思ってしたことでも、相手のお方がどう取られるかは、また違っていたりいたしますし」

小原田は、因果な商売だな、と同情するように嘆息した。それから、思い出したように言う。

「例の贋金の一件、それに関わってるということはないか」

おっと。小原田も、決してぼんくら同心というわけではない。やはりそこを考えたか。

「ただの恨みにしちゃ、仕掛けが大掛かり過ぎるんでな。どうだい、何か連中の癇《かん》に障るようなことをしたか」

「いえ、確かに贋金のことにつきましては、度々関わりを持ってしまいましたが、襲われるほどの心当たりはございません」

「お前さんたちは、花川戸《はなかわど》の船宿であの数右衛門とか名乗った奴を、一度追い詰めてるからな。身に沁《し》みてるとは思うが、あいつは相当な手練《てだ》れだ。こういうことだって、仕掛けてくるかもしれねえだろ」

それは、千鶴たち自身が一番よくわかっている。おそらく忍びか忍び崩れであろうあの男、千鶴たちが邪魔だと思えば、何をやってくるか予測がつかない。

「はい、承知しております。充分気を付けてはいるのですが」

「気になるのはな、あの三人に雇った奴の人相年恰好を言わせてみたんだが、どうもはっきり思い出せねえようなんだ。言うことがちょっとずつ違っていて、ぼやけちまってる」

「え、そうなのですか」

背筋がひんやりした。何歳にでも見え、会った後にどうしても顔を思い出せない、というのが「数右衛門」だ。特徴がないのが特徴、という奇妙な男なのだった。曲者たちを雇った誰かは、その「数右衛門」を思わせた。

「あの男だと、お考えですか」

「だとすると、またぞろ動き出したってことになるが」

小原田は硬い顔つきで言うと、とにかく気を付けるんだぞと何度も念を押した。千鶴は素直に「はい」と頭を下げた。

座敷を出ようとした小原田は、ふと立ち止まって足で畳をとんとん、と叩いた。千鶴がそれを見て笑う。

「そこに落とし穴はございません」

小原田も振り返り、そうかいとニヤッとする。

「棟梁の道楽か何か知らねえが、まるで忍者屋敷だな。お前らだって、本当は忍びか大泥棒なんじゃねえのか」

「まさか、そのような」

小原田は笑いながら出て行った。


入れ違いに、出かけていた梅治と権次郎が戻った。

「宝珠をてっぺんに戻す瓦屋と、障子を直す建具屋は、どっちも明日になるそうだ。明日も占いは休みにしないといけねえな」

「そう。しょうがないわねえ」

取り敢えず、明日は朝寝ができそうだ。

「小原田の旦那は、何て言ってる」

「駄目よ。あの曲者たち、何も教えられてなかったみたい。まあ、期待はしてなかったけどね」

「詳しく知ってたのは、あの侍だけだろうな。あいつが指図してたんだ」

腕も相当なものだったしな、と言ってから、梅治はちらりと権次郎を見た。

「権さん、実は言ってなかったんだが……お蓮さんを斬ったのは、たぶんあの侍だ」

権次郎の肩がぴくりと動いた。

「そうか。そんな気がしたよ」

呟くように言って、権次郎は唇をぐっと噛んだ。仇を前にしながら取り逃がした口《く》惜《や》しさだろうか。

「間違いないの」

千鶴が確かめると、梅治は「ああ」と苦い顔で応じた。

「太刀筋からするとな。あの腕なら、一撃で深手を負わせられる」

くそっ、と権次郎が小声で毒づいた。

「それだけじゃないよ。あいつらを雇ったのは、あの数右衛門らしいの」

千鶴は、小原田から聞いた通りに話した。権次郎も梅治も、さほどは驚かなかった。

「襲って来た連中の中にはいなかったが、やっぱりあの野郎が嚙んでやがったか」

「あいつなら、瑠璃堂のことは知ってるわけだからな」

言ってから梅治は、首を傾げた。

「だが、どうして今襲ってきたんだ。機会は幾らもあったろうに」

その言葉を聞いて、権次郎が急にうなだれた。

「済まねえ。たぶん、俺のせいだ」

「権さんの？」

梅治も千鶴も、訝しげに権次郎を見る。権次郎は、ばつが悪そうに答えた。

「高井戸で聞き回ってる間、ちょいと不用心になったようだ。あのとき、俺が何を調べてるか悟られたんだろう。尾けられたかもしれねえ」

「権さんらしくないな」

梅治が言うと、権次郎は畳に手をついた。

「面目ねえ。俺としたことが、気が昂《たかぶ》っちまって、気配りが薄くなってた。敵の居場所に近いから充分気を付けろって言われてたのによ」

心配した通り、権次郎はお蓮の仇に近付いていると思うあまり、逸《はや》ってしまったのだろう。寧《むし》ろ、権次郎らしいと言えた。

「いいじゃない。返り討ちにしてやったんだから」

千鶴は権次郎の腕を叩いて微笑んだ。そしてすぐ、その笑みを鋭いものに変えた。

「ここまで仕掛けてきたってことは、向こうも焦ったのよ。それだけあたしたちが、贋金一味に近付いたってこと。もう本丸のすぐ手前なんじゃない」

「その通りだ」

梅治も言った。

「だから権さん、褌《ふんどし》締め直して行こうぜ」

権次郎は顔を上げ、ああ、と大きく頷いた。

十七

　二日後、修繕が全て終わったので、千鶴は瑠璃堂を再開した。町名主や馴染みの客からは、見舞いの品や金包みなども届けられた。

「まったく、瑠璃堂さんに押し入るなんて、罰当たりも甚だしい」

「いや、誠に。襲って来た連中は皆、大怪我をしたそうだが、当然の報いです」

　そう言って憤慨する人たちも多かった。神社ではないから、罰当たりは少し的外れだが、千鶴は全てに丁寧に応対して厚く礼を述べ、心配をかけたことを詫びた。見舞いの人たちは皆、恐縮して帰った。

「本当に胆が冷えて、寿命が縮んだよ。ここまでやってくるとはねえ」

　客が落ち着いてから、おりくが言った。襲撃には音で気付いたのだが、何もできずに長屋で震えている他なかったらしい。千鶴は、放ったままで申し訳なかったとは思ったが、隠れていてくれたのは有難かった。

「でも、これだけ大勢お見舞いに来てくれるってのは、日頃の行いだねえ」

　おりくは、感銘を受けたように言った。日頃の行い、などと言われると、千鶴はお尻がむずむずした。

昼過ぎになって、意外な客が来た。駿河屋平右衛門だ。

「このたびは大変なことでございましたね。皆様ご無事で、何よりです」

見舞いの菓子折を出した平右衛門は、本当に驚いたとばかりに言った。

「ご心配をいただき、ありがとうございます。幸い、何も盗《と》られもせぬままに済みました。お役人様のおかげで、幾人かはお縄になっております」

瑠璃堂のからくり仕掛けについては、外に漏れずに済んだようだ。小原田には世間体があるからと、たっぷり袖の下を渡して口止めしてあるし、仕掛けにやられた連中が、自分で恥をさらすことはあるまい。平右衛門は、それも千鶴様の功徳の賜物《たまもの》でございましょう、などと世辞を言った。

「ところで、先日手前どもにお越しになりましたとき、吹替えの話をされておいでてしたな」

一通り見舞いの挨拶が済むと、平右衛門は本題を切り出した。

「はい。その節は、ご教示ありがとうございました」

「実はあれから、手前も気になりまして、あちこち聞き合わせてみたのです。そうしましたら、やはり吹替えの噂がちらり、ほらりと」

ほう。両替商の中にも、既に動きを摑んだ者がいるのか。

「左様でございましたか」

「はい。もし吹替えがあるなら、両替商としては一大事。そこで、噂は本当なのかどうか、千鶴様に占っていただければと存じまして」

あらま、と千鶴は心の中で額を叩いた。それはこっちこそ知りたいことよ。だが行きがかり上、やらないとしょうがない。

「かしこまりました。では、幾つか伺わせていただきます」

平右衛門については、干支も生まれた月日もわかっているので、お金そのものについて聞いてみる。

「今使われている金子《きんす》は、いつ吹替えられたものでしょう」

「はい、今のものは、文政金銀《ぶんせい》でございます。二分金が文政元年（一八一八）、小判と一分金が文政二年、一朱金は文政七年でございます」

「その前は如何なりましょうか」

「元文《げんぶん》の金銀でございますね。元文小判は元文元年（一七三六）でございます。もう百年近くも前になりますな。お達しにより、今では使われておりません」

あまり考えたことはなかったのだが、今のお金は吹替えられてから、十年内外しか経っていないのだ。その前と比べると、こんなに早く新たに吹替えをする必要があるのだろうか。

「吹替えは、勘定奉行様がお決めになるのですか」

「お決めになるのは、御老中様でございましょう。公方様の御裁可を経て、勘定奉行様のお指図で行われる、というところでございますな」

なるほど。それで今の勘定奉行は誰だっけ。

「明楽飛驒守《あけらひだのかみ》様でございます。一昨年、このお役にお就きに」

平右衛門が、千鶴の問いに答えて言った。明楽とは珍しい姓だが、聞いたことがあるような気もする。

「どのようなお方でしょう」

「さて、御奉行様となりますと、手前などでは滅多なことでお目にかかれはいたしませんが……もう結構なお年でございます。七十は過ぎておられるかと。こう申しては何でございますが、御目見《おめみえ》以下の御家柄にお生まれであるにも拘わらず、今は知行五百石におなりとか。しかも勘定奉行様となれば、役高が三千石でございます。大層なご出世ですな」

低い家柄の出でしかも高齢なのに御公儀の要職に就いているなら、飛び切り能のある人物なのだろう。只者じゃないな、と千鶴は思う。

「勘定奉行にお成りの前は、何をされていたのでしょうか」

「ええ、確か、勘定吟味役をなされていましたが、もっと前は御庭番のご支配のようなことをされていたとも」

そこで平右衛門は、なぜそんなことまで聞くのかと、訝しむ顔色になった。

「いろいろお尋ねいたしまして申し訳ございません。上の方々のお考えに関わることを占うとなりますと、そのお方の人となりについても知っておくことが肝要でございまして」

平右衛門は、ああなるほどと感心したように言った。それから、心なしか声を低めた。

「噂で聞きましたのですが、飛驒守様の御本家は代々御庭番をお勤めであるとか。飛驒守様ご自身も、お若い頃、御庭番をなすっていたとも聞き及びます」

へええ、と千鶴は顔に出さずに驚いた。もと御庭番の勘定奉行か。そんなことは表立って触れるような話ではないのに、ちゃんと摑んでいるあたり両替商というのも侮れない。

「わかりました。ありがとうございます」

聞けそうなことはだいたい聞けた、と思った。あまり突っ込むと、不審がられる。

千鶴は占い台に向かい、水晶数珠を手にした。

どうするか、と考えた上で千鶴は紫の炎を立てた。合掌し、火が衰えたところで厳かな口調を作って告げる。

「吹替えにつきましては、その向きにお話が進んでおりましょう。いつとは申せませぬが、遠からず為《な》されるかと」

両替商の間で噂が出るくらいなら、御上が吹替えを考えているのは間違いあるまい。駿河屋に教わったことからすると、吹替えは御上にとって財政難を救う奥の手だ。であれば、今すぐでなくとも「遠からず」必ずやるに相違ない。こう告げておいても、外れることはなかろう。

「左様でございますか。いや、ありがとうございます。それに備えることにいたします」

礼を述べる平右衛門に、千鶴は聞いた。

「ただ、炎の出方が少し気になるのですが、この吹替えは、御上にとっては良いことでしょうが、江戸の皆様にとってはどうなのでしょう」

「ははあ、それでございますか」

平右衛門は、眉根を寄せている。

「吹替えでお金の価値が下がりますと、物の値が上がることになりますな。それはもちろん、手前どもも含め、暮らし向きに良いことであろうはずはございません」

そうですか、と千鶴は憂い顔で言った。それを確かめるために、微妙な色合いの炎を出したのだ。

「皆様の暮らしが辛くならぬことを、お祈りするばかりでございます」

千鶴が神妙に言うと、平右衛門も「ごもっともでございます」と低頭した。

平右衛門が帰るとすぐ、梅治と権次郎が揃って千鶴の前に座った。

「今の話、全部聞いてた？」

二人が、もちろんと頷く。

「勘定奉行がもと御庭番とはな。面白ぇじゃねえか」

薄笑いする権次郎の横で、梅治は腕組みして何やら思案している。

「明楽家は俺の実家より知行は多いが、分家であれば、うちとそれほど大きく違うわけじゃない。そんなところから勘定奉行にまで出世したんだ。大したもんだよ」

それにしても、と梅治は続ける。

「御庭番からってのは、かなり珍しいだろうな」

御庭番はれっきとした幕府の役人だが、身分を隠して諸藩の領内に入り、様々なことを調べて回る役目を持つ。忍びの技を身に付けている者も、当然にいる。

「てことは、だ」

権次郎が口にしかけた後を、千鶴が言った。

「あの数右衛門が御庭番崩れの忍びだとすると、飛騨守様なら見つけ出して雇うぐらい、造作もないでしょうね」

三人は車座になって互いを見ながら、唸った。

「千鶴さん、この贋金は金儲けじゃなくて、御上に一泡吹かせたい奴がやってるんだっていう、あの見立てだが」

梅治が渋面で言った。

「明楽飛騨守様が数右衛門を雇ったってのは、それに合わないぞ。勘定奉行自ら、御上に楯突《たてつ》くなんて」

そうね、と千鶴は素直に認めた。

「あの見立て、間違ってたかも」

「まあ今のところはまだ、根っこのところまでわかっちゃいねえんだ。他にも俺たちの知らねえことがあるかもしれんし、もうちっと先に進まねえと、何とも言えねえ」

権次郎が、急ぐなと袖を引くように言った。確かにその通りだ。

「じゃあ、次の手は。小原田さんは、もう襲っては来ないと思ってるようだが、わからんぞ。こっちから仕掛けないと、危ないんじゃないか」

梅治はだいぶ心配しているようだ。敵の凄腕《すごうで》の侍と対峙した梅治は、危うさを肌で感じているのかもしれない。わかってる、と千鶴は言った。

「佐平さんも心配よ。できるだけ早く、高井戸へ行きましょう」

十八

千鶴はその日のうちに、小原田を摑まえに行った。高井戸へ乗り込む前に、金細工職人たちの行方についての調べ具合を、確かめておきたかった。

小原田の行きそうな居酒屋や料理屋などは、だいたい見当がついている。思った通り、明神下の居酒屋の奥で、小原田を見つけた。千鶴は店の亭主に耳打ちして、小原田の座敷に入った。

「あれ、千鶴か。どうしたんだ」

障子を開けたのが千鶴とわかって、小原田は目を細めた。千鶴は軽く頭を下げて座敷に入り、小原田の向かいに座った。

「ご一緒させていただいて、よろしゅうございますか」

千鶴は、髪はほぼそのままながら、巫女装束から銀鼠に紅葉を散らした、渋めながらも艶やかさの感じられる着物に替えている。小原田の目尻が下がった。

「もちろん、構わねえ。おっと、酒が要るな」

「勝手ながら、お酒とお膳は頼んでおきました」

しばらくいるつもりだとわかって、小原田はますます機嫌よくなった。しかしそこは八丁堀、手放しで浮かれているわけではない。間もなく酒肴《しゅこう》が運ばれて来たので、すぐに小原田の盃を満たしてやると、訳知りのような薄笑いが返って来た。

「で、俺から何を聞き出そうってんだい」

千鶴は返杯を受けながら、うふふと笑う。

「聞き出そうなどと。小原田様と夕餉でもと、ふと思っただけでございます」

小原田は、嘘つけという顔で見返したが、満更でもなさそうだ。

「ただ、この前お話しした金細工の職人の方々のことが気になっておりまして」

「ああ、あのことか」

もっと難しい話かと思っていたのか、安堵したように小原田が言った。

「西の方が怪しいとお前から聞いたのは、四日前だったな。ま、少しはわかったぜ」

「そうなのですか。さすがは小原田様です」

持ち上げて期待の眼差《まなざ》しを向けると、小原田はすぐに話した。

「敏造って職人だがな。奴の知り合いに、牛込《うしごめ》に住んでる飾り物職人がいるのがわかった。敏造の周りで西の方に住んでるのはそいつだけだったんで、話を聞きに目明しを行かせたんだ。大当たりさ」

敏造は、村松町の住まいから姿を消した日、その男に会っていた。訪ねて来て酒を酌み交わし、泊まっていったと言う。家が離れているのでしょっちゅう会うような相手ではなく、どうした風の吹き回しだと聞いたら、内藤新宿に行く道筋なので寄ったとのことだった。

「内藤新宿、ですか」

　またその地が出て来たので、思わず千鶴は口にした。

「そこで何が」

「いい仕事をくれるって言う相手と、待ち合わせだって話さ。敏造が言うには、相当いい稼ぎになるそうで、博打の借金で首が回らなくなりかけてたところへ、渡りに舟だったそうだ」

　だから目を付けられたんだろうがな、と言って小原田は盃をぐっと呷《あお》った。

「大きな声じゃ言えねえ話なんで、誰にも言うなと念を押されたとよ」

「どんなお仕事なのでしょうね」

「言うまでもねえと思うが」

　小原田は、思わせぶりに千鶴を睨む。贋金のことだと、お前もわかってるだろうと言うように。千鶴は小さく頷きを返した。

「それきり、敏造の行方は知れねえ」

「内藤新宿で敏造さんに会ったお人は、見つからないのでしょうか」

「調べさせてるが、まだ見つからねえ」

まったく目明しども、手こずりやがって、と舌打ちして言うと、小原田は千鶴にまた探るような目を向けた。

「なあ千鶴。消えた職人のことをそんなに気にするのは、その中の一人の身内か誰かから、占いを頼まれたからじゃねえのか」

おっと。あんまり小原田さんを侮っちゃいけないな。

「慧眼《けいがん》、恐れ入ります。ですが、占いをお受けしましたら、そのことについては申し上げられませんので」

たとえ八丁堀にでも、誰が何を占ってどういう結果が出たかを漏らせば、瑠璃堂の信用はがた落ちだ。小原田もそこは承知しているので、追及はしなかった。

「ふん。まあいい」

小原田が不満そうに唸ったので、千鶴はご機嫌取りに、飛び切りの笑みを湛《たた》えて酌をしてやった。さりげなく手を触れることまですると、小原田の目尻がまた下がった。

「しかし、贋金の奴らが内藤新宿でとぐろを巻いててくれりゃいいんだが。街道のもっと先なら、町方は直に出向けねえからな」

まさにそれは、千鶴たちにとっても悩ましいところだった。町方役人の助けなく、三人だけで贋金の工房へ押し入ったりできるだろうか。

一刻近くも小原田に付き合ったので、瑠璃堂に帰ったときはもう五ツ（午後八時）過ぎになっていた。千鶴は待っていた梅治と権次郎に、小原田から聞いたことを話した。

「八丁堀もようやく内藤新宿まで行きついたか」

けどそこまでだな、と権次郎は渋面になる。

「さすがに俺たち三人だけじゃあ、危な過ぎる。どうしても助っ人がいるなあ」

亮介を始め、下っ引き崩れなど何人か心当たりはあるが、聞き込みなどには使えても、殴り込みの助っ人としては当てにならなかった。

「考えたんだが」

梅治が腕組みして言った。

「高梨さんは、使えないか」

「勘定所の高梨さんか」

権次郎は、疑わしそうな顔をした。

「どう使うんだ」

「勘定所なら、八州廻りを引っ張り出せるんじゃないかと思ってな」

ああ、と千鶴は思い至った。八州廻り、即ち関東取締出役《でやく》は勘定奉行配下で、関八州での罪人の捕縛が仕事である。江戸から逃げた悪人らが近隣に居ついて村々で悪さをするのに、代官所だけでは手に余ったため、作られた御役だ。町方と違い、関八州の中なら天領だろうと私領だろうと、御三家の御領以外はどこでも入れる。

「ふうん。確かに八州廻りは勘定奉行の御支配だが、高梨さんのいる勝手方とは別だろう」

権次郎がまだ首を傾げているので、梅治は苛立ったように言った。

「別だって、同じ勘定奉行の下だ。繋がりくらいあるだろう。他にいい手があるか」

代わりの案もないので、権次郎も曖昧に頷いた。

「まあいいか。で、どう持ちかけるんだ。贋金造りが高井戸にいるから八州廻りのケツを叩いて捕まえてくれ、とはさすがに言えねえだろう」

「それは考えてみる」

千鶴は任せるよう言ってから、気がかりな点を挙げた。

「八州廻りを呼ぶなら、佐平さんをどうするかよ。その場にいたら、一緒にお縄になっちゃうわ。先に助け出さないと」

それはそうだな、と梅治も同意する。

「敏造と太助、それ以外にまだ職人がいるかもしれねえ。そっちはどうする」

「それが悩ましいのよねえ」

千鶴たちは職人の顔を一人も知らないうえ、全部で何人いるかもわからない。五人も六人も、見張りの目を盗んで連れ出すことなど、できるだろうか。それに、踏み込んだものの職人が一人もいないとなれば、八州廻りも黙ってはいるまい。人数を集めて草の根を分けても捜すだろう。

「仕方ねえな。俺たちの客はお夏さんで、お夏さんが助けたいのは佐平だ。後の連中は割り切って、御上の御慈悲に任せるしかあるめえ」

権次郎が、諦めて言った。梅治も、そうするしかないと言う。

「職人連中も、皆が佐平のように気の毒な事情を抱えているわけじゃあるまい。そういう職人ばかりなら、良心に負けて裏切る心配を、ずっとしてなきゃならない。欲をかいて、承知の上で加わっている奴もいるはずだ」

千鶴は考えた。さっきの小原田の話からすると、敏造は金に目がくらみ、御定法に触れる仕事なのを薄々承知しながら誘いに乗ったようだ。梅治の言うのが正しいのかもしれない。

「わかった。佐平さんだけ、何とかしましょう」

千鶴は、腹を括った。

根津界隈には、小さめの武家屋敷が固まった一角がある。千鶴はその中でも割合大きな一軒の門をくぐると、玄関に立って「ご免下さいませ」と声をかけた。

「はい、お待たせいたしました」

庭掃除をしていたらしい小者《こもの》が走って来て、千鶴の名を聞くと奥に取り次いだ。梅治は、傍らで従者よろしく控えている。

「これは千鶴殿。わざわざお越しとは、驚きましたな」

高梨自身が、迎えに出て来た。

「それがしの家は、どうやっておわかりに。もしや、占われたか」

微笑んだので、冗談とわかる。

「いえいえ、占いでそのようなことはわかりませぬ。受付の帳面に根津にお住まいとお書きでしたので、後は聞き合わせまして」

本当のところは、この前権次郎が尾けて家を確かめてあったのだが、そうは言えない。高梨は、左様でと頷いた。

「ちょうど先ほど戻ったところでござる。何用かな」

高梨が勘定所から戻った頃、と見計らって来たのだ。千鶴は家まで邪魔したことを詫び、来意を告げた。

「実は先日占わせていただいたことにつき、気になることがありまして、お知らせしておいた方がよろしいかと」

ほう、と高梨は興味を覚えたようで、お上がり下さいと千鶴たちを客間に通した。

いかにも武士らしい質素な家で、飾り気はほとんどない。長押《なげし》に扁額《へんがく》、床の間に軸があるが、誰の書かはわからない。今日の千鶴は巫女姿で、外歩きのため、羽織った千早は肌が透けるような薄物ではなく、綿入れだった。この家にいると、やや場違いな格好だ。

高梨の妻女が、茶を淹《い》れてきた。三十くらいだろうか。顔立ちも物腰も、控え目で地味だ。だが梅治を見ると、はっとしてしばしの間、釘付けになった。やはり武家の奥方でも、梅治の美形を前にすると心安らかには済まないのだな、と千鶴は思う。その梅治は、高梨の男ぶりに心惹かれているのだから、何とも皮肉ではあった。

我に返った妻女が慌てたように下がり、高梨は咳払いした。

「さて、お話を伺おう」

「はい。先日の占いで、私はあなた様に、ご自身が正しいと思われる道をお行きなさいませ、と申し上げました。そのことに間違いはございませんが、立派なお武家様から御役目に関わる占いをお受けすることは滅多にございませんので、気になりまして。あの後、機会を見てさらに先を占ってみたのでございます」

「先を、でござるか」

高梨は明らかに気を惹かれたようだ。顔つきが真剣になっている。

「どのようなことがわかりましたか」

「お心を煩わせている難事について、間もなく波乱がございます」

「波乱？」

高梨の眉間に皺が寄った。困難が起きるのかと思ったのだろう。千鶴はすぐに打ち消してやる。

「その波乱、決して悪いことではございませぬ。寧ろ、あなた様がお抱えの難事を解決する方に向かう、良きことかと存じます」

「良きこと、ですか」

どう考えていいのかわからないらしく、高梨は鸚鵡《おうむ》返《がえ》しに言った。

「それは、西の方角にて起こるようです」

「西の方で？　江戸の西、ということか。まさか西国ということは」

千鶴は、ゆっくりとかぶりを振る。

「西国ではございませぬ。もっと遥かに近く。ですが、江戸の内でもないようです」

「では……武蔵や相模《さがみ》か。その辺りで、江戸からあまり離れていないところか」

「そのようなところと思います。ですが、それ以上詳しくは、さすがに」

申し訳ございません、と頭を下げてから、先を躊躇う仕草をした。案の定、高梨は大いに気になったらしく、「どうされた」と尋ねてきた。

「はい……これは申し上げるべきか、迷ったのですが」

焦《じ》らすように言うと、高梨は食い入るような目で先を促した。思惑通りだ。

「私共には、懇意にさせていただいております八丁堀のお方がございます。そのお方から、金細工の職人が幾人か、内藤新宿へ立ち寄った後、幾月も姿を消している、というお話をお聞きしました。お話の端々から察しまするに、近頃巷《ちまた》を騒がせております贋金に絡むものと、お考えのご様子でした」

千鶴が小原田を煽《あお》って調べさせた話を、逆に小原田から内々に教わったと装い、吹き込んでやった。高梨の肩に、はっきりと力が入ってきた。

「贋金、と言われたか」

「はい。内藤新宿は申すまでもなく、酉の方角。高梨様は勘定所勝手方にお勤めと伺いましたので、占いとこれらのお話、諸々《もろもろ》考え合わせますと、高梨様にお知らせすべきではと考え、御迷惑かとは存じましたが、こうしてお伺いいたしました次第でございます」

「左様でござったか」

高梨は昂揚《こうよう》したらしく、顔に赤みが浮き出ている。

「千鶴殿」

高梨はいきなり居住まいを正すと、堅苦しく頭を下げた。

「よくぞお知らせいただいた。誠にかたじけない」

「お役に立ちましょうか」

「いかにも。大いに助かりました」

それは良うございました、とほっとしたように微笑んでやると、高梨は何度も重ねて礼を述べ、丁重に千鶴たちを送り出した。


角を曲がって高梨家が見えなくなったところで、梅治が小声で言った。

「うまくやったな。これで高梨さんは、内藤新宿からちょいと先を、虱潰《しらみつぶ》しにしてくれるかな」

「ええ。あの人なら、こっちの出してやった手掛かり通りに、高井戸へ行ってくれるでしょう」

そこから先は賭けもあるけど、と千鶴は言う。

「贋金一味が、高梨さんの動きに気付いて、工房を閉じて逃げないことを祈るわ」

「あの人は、独りで調べてるんだろ。独りで乗り込んだりしないだろうな」

「そこまで無茶じゃないと思う。念のため、権次郎さんに張り付いてもらいましょう」

とにかく今は高梨に預けたのだ。できるだけ早く期待通りに動いてくれるのを、祈るしかない。

十九

亮介が瑠璃堂に現れたのは、高梨家に行った二日後の日暮れ時だった。

「まったく、くたびれやしたよ。丸三日、かかっちまった。本業の方だってあるんですから、駄賃ははずんで下せえよ」

「何言ってやがる。お前の鋳掛屋の稼ぎなんか、たかが知れてるだろ」

梅治は、小馬鹿にしたように鼻を鳴らした。

「で、どうだった。言いつけ通り、高井戸に泊まったりしなかったろうな」

権次郎の話から、高井戸宿には贋金造りの連中の目が光っていると思われた。亮介は、当たり前だという顔をする。

「高井戸を通り越して、布田《ふだ》宿に泊まりやしたよ。高井戸じゃあ八王子の方から来た田舎者みてえに振る舞って、探ってきやした」

権次郎は既に贋金一味に顔が割れているし、あの数右衛門がいるなら、梅治も千鶴も同様だ。そこで亮介を使ったのである。

「よし。何がわかった」

「へい。この春頃から、宿場の近くで余所者《よそもの》が出入りしてる場所はねえかと百姓連中に聞いたんですがね。俺も仕事を探してるみてぇな顔をして」

亮介は、思わせぶりに笑う。前に権次郎が探った宿場の中ではなく、やはりその外の方で収穫があったようだ。

「勿体をつけるんじゃねえ。さっさと喋れ」

梅治は、手先で一朱金をちらつかせて催促した。

「へいへい。正月前にですね、去年の半ばから空家になってた大きな百姓家を、買った奴がいるそうで。鍛冶屋をやると言って、春前頃から人が集まってきて、今じゃ十二、三人いるようです」

「鍛冶屋の仕事はやってるのか」

「一番近くの百姓家でも二町（約二二〇メートル）ほどは離れてやすが、煙は上がってるのに、トンテンカンってぇ鍛冶屋らしい音は聞こえねえとか。何を作ってんだろうって首傾げてやしたよ」

障子の陰から窺っていた千鶴は、にんまりした。どうやら工房が見つかったようだ。

「集まってる余所者連中、顔は見られてないのか」

「へい。百姓たちも、遠目でしか見てねえんで。職人風の奴が多いが、やくざ者っぽいのも混じってるそうです。あと、たまに侍の姿も見えたって」

やはりそうか。その侍、お蓮たちを殺し、梅治と斬り合った奴だろうか。

「お前、そのもと百姓家の鍛冶場へは近付いていないだろうな」

梅治が念を押すと、亮介は顔の前で手をぶんぶんと振った。

「あんな危なそうな所、近寄りやせんよ。ついでに言うと、帰りは高井戸宿に入らねえで、畦道《あぜみち》を大回りして代田《だいた》村まで行ってから、街道に戻りやしたよ」

やはり下っ引きを務めるだけに、機転は利くようだ。梅治は最後に紙と筆を渡し、鍛冶場の周りの絵図を描くよう求めた。できた絵図を見て梅治は満足したらしく、いいだろうと言って金を渡した。

「おっ、二分いただけやすかい。有難ぇ」

おそらく亮介の鋳掛屋としての稼ぎの二月分はあるだろう。笑顔の亮介は、跳ねるように帰って行った。


入れ違いに、権次郎が戻った。だいぶ急いでいるようだ。

「昼間、高梨さんが下勘定所に行った。出て来るのに一刻近くかかってたな」

下勘定所には天領からの税を扱う取箇《とりか》方、五街道を仕切る道中方、郡代や代官の帳簿を調べる帳面方などがあるが、勝手方の高梨は普段用がないはずだ。

「八州廻りに話を持ち込んだのね」

千鶴が身を乗り出して言うと、権次郎はそのようだと答えた。

「そのまま張ってたら、ちょっと前に俺らと同じ匂いのする奴らが二、三人、下勘定所から旅支度で出て来た。御堀沿いに西へ行ったぜ。八州廻りの手下に違いねえ」

よし、と千鶴が手を打つ。

「こっちの思い通りに進み始めたわね」

「うん。で、千鶴さん。改めて聞くんだが」

梅治が生真面目な顔で言った。

「千鶴さんは、今回の贋金の一件は、明楽飛騨守様が反対する連中を抑えて吹替えをやるために仕組んだと、そう考えてるんだな」

「そうよ。小判ばかりか普段使いする一分金や一朱金まで贋物が出回ったら、江戸中の商いが大混乱する。それを収めるには、やっぱり吹替えをしなくちゃ、という理屈ね」

「だったら、八州廻りが動こうとしても飛騨守様が止めるんじゃないか」

「いえ、高梨さんの話でもわかる通り、勘定所の中でも吹替えに反対する人がいる。勘定所ぐるみでやってるわけじゃなく、御奉行だけの企みなのよ。きっと、御公儀のお偉方でも考えが割れてるんだわ。だからあんまりあからさまな動きは避けるでしょう」

成り上がりの明楽飛騨守には、敵も多いだろう。明楽の足を引っ張るために吹替えに反対する者だって、いるに違いない。明楽としても慎重に動かざるを得まい、というのが千鶴の読みだった。ならば、付け入ることはできる。

なるほどな、と梅治が呟いたところで、千鶴は権次郎の方を向いた。

「権次郎さん、連中が高井戸の工房に気付くまで、どれほどかかるかしら」

「まあ、三日もあれば探り出せるだろう」

「でも、数右衛門みたいな忍び崩れの手練れがいるとは、八州廻りも知らないでしょ。高井戸宿に目明しが何人も行ったら、気付くんじゃない？」

そうだな、と梅治も言う。

「八州廻りが勘定奉行の配下である以上、飛騨守様もすぐその動きを知るだろう。工房に、仕事場を畳んで逃げろと指図を飛ばすんじゃないか」

「かもしれねえが、それを言い出したらきりがねえ。こっちは段取りを進めようぜ」

権次郎は割り切ったように言った。確かに、あらゆることを気にしていてはことは運ばない。八州廻りがうまく立ち回れば、警告が行く前に踏み込むことはできるだろう。

千鶴は次にやらねばならないことを考えた。これも、なかなかに難しい。

「お夏さんに、話をしなきゃね」

「言う通りにしてくれるかな」

三人の中では一番心配性の梅治が、顔を曇らせた。

「承知してもらうしかないわ」

千鶴は顔を引き締めた。


翌朝、梅治はお夏が働いている料理屋に出向き、女将に断ってお夏を連れ出した。瑠璃堂に連れてこられたお夏は、すっかり困惑していた。

「あの、千鶴様、どういうことなのでしょう」

おどおどしながら、お夏が聞いた。もしや悪い知らせでも、と恐れているようだ。

「こんな形で来てもらって、申し訳ありません。でも、佐平さんが見つかりそうなのです」

「えっ、本当ですか」

お夏の目が見開かれる。

「佐平さんは、無事なのですか」

千鶴は難しい顔になった。

「それにつきましては、判然といたしません」

佐平が既に始末されている、ということもあり得るだけに、お夏にあまり楽観を抱かせない方がいい。これを聞いたお夏の顔が、たちまち暗くなった。

「ただ、居場所については見当がついてまいりました」

お夏の表情が、期待と怖さが混じったような、複雑なものになった。

「それは、どこでございますか」

「酉の方角です。江戸の外ですが、さして遠くはございません」

西の方、とお夏は考え込みながら小さく呟いた。心当たりはない、と言いたげだ。

「占いでわかったのですか」

はい、と千鶴は頷いてみせる。

「この何日かの間で、様々なお方からいろいろなお話を伺いました。詳しくは申せませぬが、その中には関わりがありそうなものもあったのです。私も気になりましたので、聞き及びましたことを加えて改めて占ってみましたところ、わかってまいりました」

ただ、と千鶴は憂い顔で言う。

「佐平さんは、何か邪なことに巻き込まれたようです」

ああ、やはり、とお夏は嘆いた。

「十五両もの借金を一度に返せるほど稼げるなんて、どんな仕事だろうと思っていたのです。危ないことでなければいいと願っていたんですが」

涙を浮かべるお夏に、千鶴は優しいながらもきっぱりした声で言った。

「佐平さんが無事であるなら、救い出して差し上げねばなりません。それには、お夏さんご自身にもお覚悟が必要です。如何でしょうか」

お夏の顔に、涙に代えて驚きが現れた。

「覚悟、とは、どのようなことでしょう」

「もし無事に佐平さんと会えたとしても、江戸へはもう戻れない、ということです」

お夏は、はっとして息を吞んだ。もう気付いただろう。佐平は悪事に引き込まれ、救い出しても江戸に戻れば役人に捕らえられる身だ、ということに。

逡巡《しゅんじゅん》は、意外に短かった。お夏は千鶴を正面から見据え、「はい」と言った。

「両親はもう亡くなっております。その両親も、上州《じょうしゅう》から江戸に出て来た身。江戸に未練はございません。生きて佐平さんに再び会えるなら、どこへなりと参ります」

言い切ったお夏は、清々《すがすが》しいほどだ。羨ましいなあ、と千鶴は思った。これだけ思える相手がいるのは、幸せだ。

「お覚悟、よくわかりました」

千鶴は、梅治に目配せした。部屋の隅にいた梅治が、前に進み出る。

「よくおっしゃいました。では、これから何をしていただくか、お伝えします。くれぐれも、他言はなさらないで下さい」

そう前置きして、梅治はこれからの段取りを話し始めた。

さらに三日経った昼過ぎ、権次郎が慌ただしく駆け込んで来た。

「動いたぜ。ついさっき江戸詰めの八州廻りが、手下を四人ほど連れて下勘定所を出た」

「手下を入れて五人か。少ないな」

工房には十数人、用心棒や数右衛門のような手練れもいるのに、と梅治は不満そうだ。

「いや、それで全部じゃあるめえ。八州廻りなら、宿役人でも代官所の手勢でも、好きに使えるからな。おそらく今晩は内藤新宿に泊まって、細かい段取りを決めるんだろう」

「軍議ってわけか。それならわかる」

「じゃあ、踏み込むのは明日ね。昼間だったら困るけど」

千鶴たちもその場に行くつもりだった。だが、夜陰に乗じなければ難しい。

「そこまで間抜けじゃねえや。明日の夜遅く、夜討ちをかけるんだろう。こっちもそれに備えなきゃな」

「ええ。お夏さんに知らせましょう」

梅治は承知したと言って、すぐに料理屋に向かった。明日朝早く、お夏を出立させなくてはならない。女将には少し金を握らせ、無理にも承知させるつもりだ。ごねたら、言う通りにしないと不幸が訪れるとでも言ってやる気でいた。

翌朝、瑠璃堂は三日間休みにすると貼り紙を出し、旅姿になった千鶴と権次郎は、甲州街道へと進んだ。梅治はお夏を連れ出すため、先に行った。

梅治が言うには、案ずるより産むが易しで、女将はお夏が出て行くのをあっさり承知したそうだ。代わりは幾らでもいると思っているのかもしれないが、梅治が振り撒いた色香が効いたようだった。女将はぽうっと上気しながら、梅治の言うこと全てに従ったのだろう。

千鶴は、内藤新宿でお夏と落ち合った。

「まあ千鶴様。こんなところまで来ていただいたのですか」

巫女姿ではなく、丸髷《まるまげ》に結って紺色の着物を着た千鶴を見て、お夏は目を見張っている。

「はい。ここでお見送りいたします。あとの案内は、このお方が」

千鶴は、脇に控えていた亮介を示した。亮介が「どうも」と挨拶すると、お夏は怪訝そうにしつつ「よろしくお願いします」と一礼した。

「お夏さん、この先はどうなるかわかりません。危ないことがあるかもしれませんし、佐平さんとは会えないまま終わるかもしれません。ただ、どうか強いお心をお持ちください。天はきっと、あなたのことを見ておられます」

千鶴はお夏を励まし、懐から水晶数珠を出して合掌した。

「ありがとうございます。大変お世話になりました。行って参ります」

お夏は顔に不安を残しながらも、丁寧に腰を折った。その不安は、自分ではなく、佐平の身を思ってのものだろう。千鶴は水晶数珠を握ったまま、亮介に先導されるお夏の後ろ姿を、じっと見送った。今夜お夏は、布田宿に泊まって待つ。佐平を生きたまま救い出すことができたら、そこへ送り届ける手筈だった。うまく行ってくれ、と千鶴は切に願った。

二十

千鶴たちは、内藤新宿で日が傾くのを待った。その間に、八州廻りと手下たちを見つけた。この盛り場で、昼間からろくに飲み食いせず、飯盛り女も近付けずにじっと部屋にいるので、すぐにそれとわかった。それに、もう一人。

「高梨さんがいるぞ」

梅治が囁いた。高梨は、一軒の宿の二階で障子を開け、欄干に腕を載せて街道を見下ろしている。

「今夜、八州廻りと一緒に踏み込む気だな」

「そうするんじゃないかって気はしてたんだけど」

千鶴は、ちょっと困って言った。

「顔を見られるわけに行かないよね。気を付けなくっちゃ」

誰にだって、見られる気はねえけどな、と権次郎が笑った。千鶴たちは別の宿に隠れ、夜に備えて一寝入りした。


日が暮れると、千鶴たちは裏手から外に出た。様子を窺うと、思った通り八州廻りと高梨も、宿を出ようとしている。千鶴たち三人はその後を尾けて行った。

高井戸宿の手前まで来ると、小さな社があった。提灯を持った高梨と八州廻りは、その境内に入った。境内を覗くと、他にも提灯や人影がうごめいている。捕り手たちは、ここで集まることにしていたのだ。

「どれくらいいるかな」

千鶴が囁く。権次郎は、十人くらいだろうと答えた。

「待ってる様子からすると、まだ集まるようだな」

「なんでこんなとこで。高井戸宿の名主のところとか、あるでしょうに」

「高井戸の宿役人は、贋金一味から鼻薬を嗅がされていると睨んでるんだろう。宿場の連中に知られないうちに、夜討ちをかけようって肚《はら》さ」

なるほどね、と千鶴は得心した。八州廻りもなかなか鋭い。

「先回りするか」

梅治が言った。今の刻限は、五ツ半くらいだろうか。まだしばらく動きそうにないところを見ると、八州廻りはもっと遅くに、工房の寝込みを襲う算段だろう。

「そうしましょう」

千鶴も賛同し、三人は社を離れ、街道の少し先の雑木林に隠れた。そこで着物を脱ぐ。下には、黒装束をまとっていた。脱いだ着物をその場に隠した千鶴たちは、亮介が描いた絵図に従い、月明かりの下、宿場を迂回《うかい》する畦道を辿った。


できるだけ気配を殺して進んだので、目指すものに近付いたのは、四半刻ほど経ってからだった。

「あれだな」

権次郎が耳元で囁いた。畑の広がりの向こうに、黒々とした塊がある。月に照らされた屋根の形が、はっきりわかった。千鶴は顔を顰めた。黒く沈んだ百姓家の方から、じわじわと邪気が漂ってくるのを、感じ取ったのだ。だが、それほど強くはない。邪気を発する悪者どもは、大半が寝入っているのだろう。

「で、どうする」

梅治が小声で聞く。権次郎が少し間を置いて、答えた。

「もうちっと近付いて、待とう。八州廻りが踏み込んだら、上を下への騒ぎになる。そこへ入り込んで、佐平を連れ出す」

「うまく入れるかな。それに、佐平の顔は知らないんだぞ」

梅治の心配を、千鶴が抑えた。

「今さら悩んでもしょうがない。佐平さんの顔を知ってても、真っ暗な中じゃどうせわからない。行くしかないよ」

出たとこ勝負とばかりに言ってやると、梅治が溜息をついた。

「何の動きもないな」

晩秋の夜は冷え冷えとして虫の声も聞こえず、工房は静まり返っていた。

「いや、そうでもねえぞ」

権次郎が梅治と千鶴の肩を小突き、家の端の方を示した。目を凝らすと、人の頭のような黒い影が揺れている。

「不寝番だろう。居眠りしてるのかもしれねえ」

「一人だけかしら」

「あと一人くらい、向こう側にいるんじゃねえか。後の連中は中で寝てるようだな」

「いや、佐平が二度、夜中に抜け出したことはばれてるはずだ。もっと厳重だろう。家の中で、あの侍が番をしてるのかも」

梅治は、瑠璃堂で対峙した侍のことが、頭から離れないようだ。だが懸念は、もっともだと思えた。こちらは筒袖に股引《ももひき》の黒装束になってはいるが、盗人でも忍びでもない。ど素人よりは少しましな程度で、気付かれずに忍んで行って見張りを片付けるなど、できそうになかった。

畦に蹲《うずくま》ったまま、しばらく待った。その間に千鶴は、工房に踏み込むときどう動くか、頭の中で何度も考えた。百姓家なのだから、土間があって板敷きに囲炉裏があって、奥に畳敷きの部屋が三つ四つ、というどこの村にもある造りだろう。火を使うから、土間や囲炉裏の周りが仕事場か。炉なども必要だろうから、だいぶ手を入れたかもしれない。中の様子がわからないまま押し入って、職人たちと贋金一味との区別がつくだろうか……。

梅治の心配が伝染《うつ》ったようだ。千鶴は頭を振った。そのとき権次郎が、くぐもった叫びを発した。

「来たぞ！」

千鶴たちが潜んでいるのと別の方角から、黒い影が幾つも現れた。灯りは見えない。数は二十ほどだろう。影は二手に分かれると、表と裏に回った。家の端にいた見張りの影が、弾《はじ》かれたように立ち上がった。が、その場で二、三人に押さえ込まれた。

反対側で大声が上がった。

「手入れ……」

言い終わらぬうちに声が止まった。打ち倒されたようだ。直後、雨戸を蹴破る音が響き、工房を取り囲んだ人影が、一斉に動いた。同時に大音声が響いた。

「関東取締出役である！　一同、神妙に縛に就け。手向かいすれば斬り捨てる」

後は音と怒鳴り声の洪水になった。何かが壊れ、棒が打ち合わされ、悲鳴が上がる。

「よし、行くぞ」

権次郎の一声で、三人は畦から飛び出した。


工房の百姓家は、乱闘の最中だった。捕り方たちは、持参した龕灯《がんどう》に火を点けて、あちこちに向けている。その光が動く中、慌てた何人かの顔が照らし出された。千鶴たちは身を低く保ち、捕り方に摑まらないよう走り回った。

「うわ、何だてめえ」

千鶴にぶつかってきたやくざ者が黒装束に気付き、驚きの声を上げた。千鶴は護身用にと懐にしてきた短い棍棒《こんぼう》を出し、やくざ者の横っ面を思い切りぶん殴った。相手はその場で昏倒《こんとう》した。

「おい佐平、佐平、どこだ」

権次郎が呼ばわるのが聞こえる。声に気付いた捕り方の一人が、権次郎に駆け寄った。それを後ろから梅治が突き飛ばす。捕り方は驚いて起き上がろうとしたが、そこへやくざ者の一人が殴りかかった。二人は取っ組み合いになり、その隙に権次郎は奥に進んだ。

一番奥で、職人らしいのがひと塊になって震えているのが、さっと通り過ぎた龕灯の光に浮かんだ。すぐさま権次郎が駆け寄る。

「佐平か」

「俺だ」

一番若い男が、呼びかけに応じた。

「来い」

権次郎が腕を掴み、有無を言わせず立たせた。他の職人が驚き、「俺も……」などと喚《わめ》く。連れ出してくれ、と言ったようだが、構ってはいられない。そこへ捕り方が駆け寄った。間一髪で逃れた権次郎と佐平は、千鶴に引っ張られて縁側から転げるように飛び出した。

縁先では一人の浪人者が、捕り方四人から六尺棒で地面に押し付けられ、呻いていた。用心棒に雇われていたのだろう。刀は取り落としたか、見えない。千鶴たちは、捕り方の注意が浪人者に向いている隙に、脇を駆け抜けた。

そこで千鶴は、ぎくっとして足を止めた。梅治の姿が見えない。権次郎もそれに気付いたらしく、足を緩めて振り返った。

「うめ……」

叫びかけ、慌てて口を押さえる。この場で名前は呼べない。大急ぎで左右を見回した。そしてまた、声を上げそうになった。

乱闘から離れたところで、梅治は一人の侍と向き合っていた。双方の刀が、月の光に煌《きら》めいている。千鶴は、あいつだと直感した。瑠璃堂に押し入った侍。お蓮を斬った男。権次郎も気付いたらしく、突き飛ばすようにして佐平を千鶴に預けた。懐から匕首を出したのが、千鶴にもわかった。

権次郎は駆け寄ろうとして、止まった。二人の間合いに入れないのだ。梅治は刀など持って来なかったはずだが、さっき捕らえられた浪人が落としたのを、拾ったに違いない。千鶴は佐平の襟首を摑んだまま、固唾《かたず》を吞んだ。背後ではまだ乱闘が続いているが、ここだけは彼岸にでもいるような、奇妙な静寂があった。

どれだけの間があったのだろう。いきなり侍が飛び出し、斬りかかった。梅治がさっと身を引く。刀が宙を斬り、続けて振り上げると梅治の刀とぶつかって、火花が飛んだ。瑠璃堂で見た光景が、再現されているかのようだった。

二人は、一旦離れた。が、間が空いたと思った刹那《せつな》、再び侍が踏み込んで来た。梅治が切っ先を受け流す。と思ったとき、振りかぶった梅治の刀が、侍の刀の根元をしたたかに打った。腕を斬ろうとしたのを、僅かに避《よ》けられたようだ。それでも衝撃は強かったらしく、侍は刀を取り落とした。暗くて表情など見えないが、動揺したのがはっきりわかった。

ここで権次郎が動いた。侍の刀を蹴り飛ばし、匕首を構えた。恐らく、権次郎は鬼の形相になっているだろう。

「やめて！」

千鶴は小さく叫び、左手で佐平の襟首を握ったまま、匕首を持った権次郎の腕を右手で摑んだ。権次郎が驚いて振り向く。

「離してくれ」

「駄目！　今は仇討ちしてるときじゃない」

権次郎が何か言いかけた。そのとき、後ろから走り寄る足音がした。梅治は刀を遠くへ投げると、無言で権次郎を抱えるようにして、無理やり退《さ》がらせた。

「勘定所の高梨蔵乃介だ。神妙にいたせ」

高梨、と聞いて、千鶴たちは大慌てでその場を離れた。権次郎も、さすがに逆らわなかった。高梨の声が後ろで響く。

「貴様、何者だ。名乗らぬか」

答える声はなかった。続けて高梨が、悲鳴のような声を上げた。

「あッ、何をする！」

驚いて振り返った。地面に膝をついた侍が、前のめりに倒れるところだった。向けられた龕灯に、首筋から吹き出す血が照らし出された。侍は、捕らわれる前に脇差を抜いて自裁したのだ。高梨が侍の肩を掴もうとしたが、既に手遅れだと千鶴にもわかった。

「行こう」

梅治が促し、茫然自失《ぼうぜんじしつ》の佐平を引きずるようにして、千鶴たちは工房の敷地から逃れ出た。その頃には工房の乱闘も収まりかけたようで、怒声も悲鳴も聞こえなくなっていた。

二十一

工房から一里（約四キロ）は離れたろう、と思う辺りで、農具をしまう小屋を見つけた。幸い、鍵のようなものは見当たらない。千鶴たちはそこに入り、鍬《くわ》や笊《ざる》の間に腰を下ろした。

「あ、あのう、あんたたちは……」

ようやく呼吸が落ち着いて、周りを確かめる余裕ができたらしい佐平が、躊躇いがちに問うた。千鶴は、その肩を叩いて言った。

「お夏さんの、知り合いよ」

隙間から差し込む月明かりで、佐平が目を剝くのがわかった。お夏の名が出たことも意外だったろうが、三人組の一人がうら若い美女だとわかったせいもあるようだ。

「お夏さんは、この先で待ってる」

ええっ、と佐平が驚きの声を上げた。

「本当ですか。お夏が来てるんですか」

佐平は素直に喜んだが、すぐにうなだれた。

「駄目だ。俺はもう、罪人だ。今逃げたって、無事にゃあ済まねえ」

お夏を巻き込むわけにはいかねえ、と声を震わせる。その様子を見て、どうやら性根の真っ直ぐな男らしいと、千鶴は安堵した。でなければ、助けた甲斐がない。

「ああ、確かに無事には済まねえ。江戸に戻ればな」

権次郎が言った。

「だが、江戸に戻らなきゃあ話は違ってくる」

「遠くに逃げろと言うんですか」

佐平は訝しむように聞いた。権次郎は「そうだ」と答える。

「碓氷《うすい》や箱根《はこね》の関所を越えなけりゃ、道中手形なしでもまあ大丈夫だ。上州でも房州《ぼうしゅう》でも、好きなところへ行きゃあいい」

「でも……でも……お夏は」

「お夏さんも、承知してる。もう江戸を引き払ってきたのよ」

千鶴の言葉に、佐平はまた驚いたようだ。

「承知の上……なんですか」

そうよ、と千鶴は大きく頷いてやる。

「だから心配はいらない。二人でどこへなりと、行けばいい」

「お夏が……」

佐平が天井を仰いだ。その目から涙が零れるのが、ぼんやり見えた。

「だがその前にだ。お前にゃいろいろ聞かなきゃならねえことがある。贋金のことだ」

佐平は一瞬びくっとしたが、それは覚悟していたのだろう。表情を引き締め、権次郎の方を向いた。

「わかりました」

「よし。お前が奴らに引き込まれた経緯《いきさつ》は、だいたいわかってる。奴ら、いったい何人いたんだ」

「あそこにいたのは、八人です。やくざ者らしいのが六人と、侍が二人。侍の一人は浪人で、雇われた用心棒です。けどもう一人は、浪人には見えませんでした」

「どこかの家中、ってことかい」

「わかりませんが、そんな風に見えました」

やはりそうか。あの侍は、捕らわれて主家に迷惑がかからないよう、自らの口を封じたのだ。

「あんたに、借金を返せるからと声をかけて引き込んだ奴も、その中にいたのかい」

「いえ、そいつはいませんでした。贋金造りのあの家では、目にしてません」

「そうか。雇い入れるだけの役目だったのかもな。どんな人相風体だ。年恰好は」

「はい、それが……」

佐平は済まなそうに言った。

「実は後から何度も思い出そうとしたのですが、どうしても顔が浮かんで来ません。年恰好も、四十過ぎとも三十半ばとも言えるようで、よくわからないんです」

薄暗い中でも、権次郎の顔が強張るのがわかった。顔の見えない男。様々な人物に成りすまし、誰の記憶にも残らない男。千鶴たちが取り逃がした数右衛門。

「奴だったか……」

梅治が小声で、歯軋《はぎし》りするように漏らした。だとすると、職人の雇い入れだけが役目だったはずはない。表には出ず、陰で贋金造りを取り仕切っていたのだ。

「あの？」

三人の様子がおかしくなったのに、気付いたようだ。佐平が怪訝そうに問いかけた。そこで我に返った権次郎が、先を続けた。

「職人は何人だ。贋金は、どのくらい造った」

「六人いました。材料は用意されてました。千両箱までありましたよ。それで贋金造りだとわかったんですが、もう手遅れで、逃げ出したら命はない、と言われました。俺が来る前からの分も含め、半年の働きで、小判が三千枚、一分金と一朱金がそれぞれ二千枚と四千枚くらいです。もっと造るはずだったようですが」

全部で三千七百五十両か。これだけでも大した額だが、いったいどれほど造るつもりだったのだろう。造ったうちのどれだけが市中に流れたのか、そちらも気になるが、その心配は高梨たちに任せるしかない。

「職人の中に、金座上がりの繁辰ってのは、いたかい」

佐平は目を丸くした。

「よくご存じで。そいつが、どうやって贋金を造るか、皆に教えてたんですよ」

思った通りだ。繁辰が工房にいたなら、今頃は八州廻りにお縄にされているだろう。

「一日中、閉じ込められて働かされてたのか」

「ええ。庭先に出るくらいは許されてたんですが、敷地の外には絶対出るなと。昼も夜も、見張りが置かれてました」

そこで千鶴が聞いた。

「でもあんた、高井戸宿へ仁吉郎宛の文を出しに行ったでしょう。内藤新宿へ仁吉郎に会いに行ってもいるよね。どうやったの」

見張りの目を二度も盗む、というのは素人の佐平には無理だろう。そこがどうにも気になっていた。

「それなんですが」

佐平は内緒ごとを打ち明けるように言った。

「十日に一度、他の侍が見回りに来るんです。あそこに詰めていた侍より、偉い人みたいで。そいつが来ると、晩に宴会をやるんです。まあ、接待ですかね。そいつは遅くに宿場の方へ引き上げるんですが、他の連中は十日に一度の息抜きとばかりに遅くまで飲んで。あいつらだって、他所へ行けないのは同じですからね。俺たちまでお零れに与《あずか》りました」

「つまりその晩は、見張りが手薄になるんだな」

「手薄どころか、寝ちまってたりするんです。こっそり抜け出すことも、難しくなかった。で、酔って寝ちまったふりをしておいて、他の連中が寝付いてからそうっと出ました。朝までに戻ってりゃ、気付かれないだろうと」

「抜け出せたんなら、そのまま逃げちまえばいいじゃねえか」

権次郎が、当然の疑問を口にした。佐平は、かぶりを振った。

「そんなことをしたら、お夏が危ない。もし俺が逃げたら江戸にいる仲間がお夏を殺すって、脅されてたんです。他の連中も、身内の誰かが人質みたいだったんですが、どっちかと言うと稼ぎの大きさに目がくらんでいて、逃げる気はなかったんじゃねえかな」

やっぱり佐平以外の職人は、欲に溺れていたか。梅治の見立ては、正しかったようだ。千鶴は少し気が楽になった。

「で、二度ともうまく行ったのか」

「いや、それほど甘くはねえ。内藤新宿から戻ったとき、ばれてさんざん殴られましたが、まだ俺たちの腕が入り用だったんですね。殺される気遣いはありませんでした。けど、今度やったらお夏がどうなるか、って言われて。二度とできませんでした」

なるほどね、と梅治が呟いた。得心できたらしい。

「そうかい。ところで、借金はもう気にしなくていいぜ。仁吉郎は、奴らに殺された」

権次郎が言ってやると、佐平は仰天した。

「ええっ、そんなことが。どうしてです」

「仁吉郎は、お前がどうやって大金を稼いだか突き止めて、自分も儲けようとしたのさ。それを贋金一味に勘付かれて、始末されたんだ」

「ああ……それなら自業自得かもしれませんね」

仁吉郎にはだいぶ恨みがあるらしい佐平は、さもありなんとばかりに言った。

「しかし……どうして仁吉郎のことがわかったんですかね」

「お前が尾けられたんじゃねえのかい」

「いや、俺が抜け出したのに気付いたら、その場で連れ戻すんじゃないですか。尾ける意味がわからねえ」

言われてみると、佐平の言うのももっともだと思えた。だがまあ、今それは大事ではない。後で考えよう。

「あと一つ、聞きたいんだが」

梅治が言った。

「はい、何でしょう」

「これだけいい出来の贋金だ。一分金や一朱金なんか、重さを比べて僅かな差を見つけ出さないと、本物か贋物かわからない。手っ取り早く見分ける方法はないのか」

「ああ、それですか」

佐平は、いかにも簡単そうに言った。

「すぐに見分けられないと、造ってる方も不便ですからね。ちゃんとあります」

佐平はその場で、見分け方を教えた。これを知っている以上、仕事が終われば殺されるはずだったということには、気付いていないようだった。


頃合いを見て、小屋の外の様子を確かめた。虫の声以外何も聞こえず、高く昇った月が冷え冷えとした淡い光を投げているだけだ。千鶴たちは、そっと小屋から出ると、街道沿いを西に向かった。夜道に慣れない佐平を連れているので、そう急いでは進めなかったが、もう気にしなくても大丈夫だろう。

一刻近くかけて、布田に入った。布田は国領《こくりょう》・下布田・上布田・下石原《しもいしわら》・上石原の五つに分かれ、布田五宿と呼ばれている。全部合わせても旅籠は十軒足らずで、本陣もないという小さな宿場だった。

千鶴たちは、一番奥の上石原宿にある旅籠に近付いた。黒装束のままなので、旅籠に入ったりしたら盗人と間違われる。音を立てずに軒下に寄って見上げると、二階の欄干に目印の傘が掛けられていた。梅治が小石を拾い、その部屋の障子に投げた。

ごく小さな音だったが、中の者は気付いたようだ。障子が細く開き、手が突き出されて振られた。梅治はそれを見て、千鶴たちに顎で裏へ回るよう促した。

裏に回って少し待つと、木戸が開き、小さな蠟燭を持った男が出て来た。

「おう、ご苦労だったな、亮介」

炎に照らされた亮介の顔が、ニヤリと歪む。

「そっちの首尾はどうです」

「見ての通りだ」

梅治は、佐平を指して言った。亮介が頷く。

「急ぎましょう」

亮介は蠟燭を梅治に預け、いきなり帯を解き始めた。びっくりした佐平が声を漏らす。

「な、何を始めるんです」

「黙ってろ。お前もすぐに着物を脱げ」

佐平は目を剝いたが、権次郎に睨まれて言う通りにした。

「よし、脱いだら着物を取り替えろ」

それで佐平もやっていることがわかったらしい。大急ぎで亮介が脱いだ着物を着込んだ。

「有難い。ぴったりだ」

「当たり前だ。この男は、お前と背恰好が似てるんだ。お夏さんに確かめて、そのつもりで用意しておいたのさ」

権次郎に言われ、佐平は感心した顔になった。行き届いた段取りに驚いたようだ。

「よし、お前は今から伊吉郎《いきちろう》って名だ」

「伊吉郎?」

訝しむ佐平に、権次郎が畳みかけた。

「佐平って名のまま、逃げる気か。こいつは伊吉郎と名乗って、この宿に泊まったんだ。入れ替わるんだよ。おい亮介、お前この宿で、できるだけ顔を晒《さら》さねえようにしたろうな」

「抜かりはねえですよ。湯には入ってねえし、飯が出たときにゃ、外を眺めるふりをして、女中と顔を合わせないようにしてやしたからね」

「よし、いいだろう。おい佐平、じゃねえや伊吉郎。ここには夫婦者として泊まってんだ。忘れんなよ」

「夫婦者ですか」

佐平は不思議そうな顔をしたが、すぐに気付いたようだ。顔がぱっと明るくなった。

「じゃあ、お夏が」

亮介を含めた四人が、揃って頷いた。佐平の顔が、泣き出さんばかりになった。

「何とお礼を言ったらいいか……」

その背を亮介が叩いた。

「部屋は階段を上がってすぐ左だ。間違えんなよ。この先の行き方は、お夏さんに話してある。充分気を付けて行くんだぞ」

それだけ言うと、さっさと行けと手を振った。佐平は腰を二つ折りにすると、蠟燭を受け取って、半泣きになりながら裏木戸を入った。


隠してあった着物を再び黒装束の上に着込み、内藤新宿の宿に戻ったときは、もう明け方近かった。どうにか宿の者に気付かれないよう部屋に入ると、千鶴たちは一晩の働きの疲れで、あっという間に寝付いてしまった。

千鶴が目覚めたときには五ツ（午前八時）を過ぎ、日は高く昇っていた。

「おう、起きたか。じゃあ、朝飯を持ってくるように言うぜ」

先に起きていたらしい権次郎が、廊下に出て奥に声をかけた。はーい、ただいまという元気な声が返って来た。

「亮介は？」

「明け六ツ（午前六時）に出て行った。ここの宿代は、三人分しか払ってねえからな」

四人目の亮介は、ただで泊まったのを見つかる前に逃げた、というわけだ。千鶴は、くすっと笑った。

「おい梅治、起きろ」

権次郎が梅治の脚を叩いて起こした。梅治が、もぞもぞと起き上がる。

「何だ、夜なべの大仕事が終わったんだから、もっと寝てたっていいだろう」

寝ぼけ眼《まなこ》でぶつぶつ言う梅治に、権次郎は真面目な顔で言った。

「朝飯食ったら、高井戸へ引っ返すぞ」

「何だって？」

梅治が唖然として聞き返した。

「どうしてまた、戻るんだ。八州廻りと高梨さんは、まだあの辺を調べ回ってるだろうに」

「それはわかってるが」

権次郎は、表情を硬くして腕を組んだ。

「どうしてもあそこで確かめたいことが、あるんだよ」

二十二

昼九ツ（正午）少し前頃、下高井戸の宿場に入った。梅治は、落ち着かない様子で左右に目を配っている。

「八州廻りらしいのは、見えないいな」

「連中は、贋金工房の調べに今日一日はかかり切りだろう。宿場の方には目明しを見張りに置いてるだろうが、俺たちの顔を知ってるのは高梨さんだけだ。気にしなくていい」

権次郎は大丈夫だと言い切って、迷いなく歩いて行く。梅治と千鶴が、その後を追う格好だ。どうも行く当てがあるらしい。

やがて権次郎は、一軒の旅籠に足を向け、暖簾をくぐった。

「おいでなさいませ」

帳場の番頭が、愛想よく言った。が、同時に怪訝な顔をした。泊まりの客が来るような刻限ではないからだ。権次郎は、上がり框《かまち》に膝をついた番頭の前に立った。

「覚えてるかい。半月近く前、ここで会ったよな」

番頭はほんの少しの間考えて、「ああ、その節は」と笑みを見せた。

「二月ばかり前の夜中に、手前どもへ文を預けたお人のことを、お尋ねでしたね」

「そうだ。それで聞きてえんだが、俺が来たことを誰かに話したかい」

　番頭は首を傾げた。

「さて、どなたにも話してはおりませんが。問われればお答えしたかもしれませんが、あなた様のことを尋ねられたお人は、誰もいませんので」

「うん、まあ余所者に話したとは思わねえが、この宿の中じゃどうだ」

「は？　はい、それはまあ、主人には話しましたが」

　そのぐらいは当然だろう、という風に番頭は答えた。

「そうか。じゃあ、すまねえが旦那に取り次いでくれねえか。ちょいと御用でな」

　御用、との言い方は何とでも取れるが、番頭はこちらの思惑通り解釈した。

「八州様の配下のお方でいらっしゃいますか」

　背筋を伸ばす番頭に、権次郎は「そんなような関わりだ」と曖昧に告げた。八州廻りに贋金工房の手入れをするよう仕向けたのはこちらだから、あながち嘘八百でもない。

「これはご無礼いたしました。ですが生憎《あいにく》、主人は不在でございまして」

「どこかへ出かけたか」

「と申しますか……」

番頭は困ったような顔になった。

「実は、手前どもの主人はここに住んではおりません。時々様子を見にまいりますが、普段は手前がこの宿を差配しております」

「そうか。住んでないのか」

権次郎は驚いていない。そんなこともあろうかと思っていたようだ。

「じゃあ、どこに住んでるんだい」

「は……江戸の神田界隈、とだけ聞いております」

「何だ、旦那の住まいも詳しく知らねえのか。何か知らせることができたら、どうするんだ」

「数日に一度はまいりますので、知らせるべきことはそのときにまとめて。今まで不都合はございませんでしたので……」

どうも歯切れが悪い。番頭自身も妙だとは思っているのに、仕方なく言われた通りにしているように見えた。同様に見て取ったらしく、権次郎がさらに突っ込む。

「いったいいつから、そんなことになってるんだ」

「それは……去年の暮れからでございます。前の主人が亡くなりまして、今の主人がここを買い取りましたので」

贋金工房にされた百姓家が買われたのと、同じ頃だ。詳しく話してみろ、と権次郎が迫ると、番頭は事情を全て語った。

「手前は先代から勤めておりますが、先代は借金を作って返せぬまま、急に亡くなりましたのです。手前ども奉公人一同、もうこれで宿は潰れると諦めておりましたところ、今の主人が買いたいと名乗り出てくれました」

先代の借金は女絡みだったらしいが、金の工面に走り回るうち、夜道で川に落ちて溺れてしまったのだという。今の主人は即金でここを買い、借金も綺麗にしてくれたそうだ。路頭に迷わずに済んだので、奉公人は恩義を感じ、時々しか来られない主人の言いつけをよく聞いて、宿を守っているのだという。

「旦那の名前と年恰好、人相風体は」

それこそ肝心とばかりに権次郎が聞いた。が、番頭は口籠《くちご》もった。

「はい、名は善司郎《ぜんしろう》と申しますが……年はその、四十ほどかと。人相はと申しますと、はい、何と申しますか、至って地味で、あ、いや、よくある人相としか……」

番頭は、何と言ったものか難儀している。千鶴はようやく、権次郎が何を思ってここに来たかを悟った。

「つまり、特徴がなさ過ぎて顔が浮かばない、ということですね」

千鶴が横から言った。番頭は、この助け舟にほっとしたようで、「その通りでございます」と答えた。

「奴か……」

梅治が呻いた。権次郎がそれを制して、番頭に言った。

「この前聞いた文のことだが、旦那はそれを見たのかい」

「はい、お預かりした文は、全て主人が確かめますので」

「中も読んだりするのか」

「いえ、他人様《ひとさま》からお預かりした文に、そのようなことはなさらないと思いますが」

番頭は否定しながらも断言を避けた。口にはしないが、あり得ると思ったようだ。

「俺が聞きにきたことを知って、旦那は何か言ってたかい」

「いえ、そうか、とおっしゃっただけで。ただ……」

番頭は考えながら言った。

「あなた様の見かけをお伝えしましたが、どうも主人は心当たりがありなさるのではないか、という気がいたしました」

「そうかい。知っているようだったかい」

権次郎は千鶴と梅治の方を向いた。二人は同時に頷いた。これでからくりはわかった。もう充分だ。権次郎は頷きを返すと、手間を取らせたと番頭に礼を言い、外に出た。

甲州街道を一里ほど戻り、幡《はた》ヶ谷《や》村に入ったところで大きな茶店を見つけたので、そこに入った。飯も出せると聞き、遅めの昼飯を頼む。三人は座敷に上がり、一息ついた。

「しかし数右衛門が旅籠の主人に収まっていたとはな。驚いたよ」

梅治が大仰に目を剝いて見せた。

「あの野郎め。工房の段取りをして職人を集めてからは、見張りは雇ったやくざ者と用心棒に、仕事は繁辰に全部任せて、自分は工房には出入りせず、高井戸宿に怪しいのが探りに来ないか、ずっと気を配ってたんだ。旅籠の番頭たち奉公人は、それと知らずに贋金一味の見張り役の片棒を担がされてたってわけさ」

権次郎が口惜しそうに言った。自分もその網に引っ掛かり、放っておいてはまずいと思った数右衛門が瑠璃堂を襲わせたのだ。

「佐平から預かった文も、読んだのね。宛先がわかってるんだから、佐平を尾ける必要もない。先回りして仁吉郎のことを調べ、面倒なことになりそうな奴だと考えて、始末したのよ」

その繋がりで、お蓮も消したのだ。千鶴は敢えてそこまでは言わなかった。代わって梅治が言った。

「川で溺れたっていう先代の主人も、旅籠を乗っ取るために奴が始末したのかもな」

恐ろしい話だが、非情なあの男なら、必要と思えばやっただろう。

「しかし、文を握りつぶさなかったのは、どういうわけだ」

梅治が首を捻る。それには千鶴が答えた。

「どんな奴と繋ぎを付けるのか、相手を確かめておきたかったからよ。佐平が裏で役人や盗人なんかと通じてたら、厄介なことになるものね」

梅治が「なるほど」と唸ったところへ、膳が運ばれて来た。野菜ばかりだが、田楽や天婦羅《てんぷら》も添えられた立派なものだ。権次郎は銚子《ちょうし》を一本頼んだ。まあ、そのくらいはいいだろう。

お銚子が来ると、権次郎は千鶴にまず一杯注いだ。

「夜通しの大仕事に続いて、また遠出だったからな。お疲れだろう」

そんなことを言っているが、本音は自分が飲みたいのだ。それを見透かし、千鶴はあと二本頼んだ。権次郎が、済まねえと手刀を切った。

そこで権次郎がふいに盃を置き、真顔になった。

「千鶴さん」

え、何？　と千鶴も居住まいを正した。

「止めてくれて、有難う」

権次郎は、ひと言だけ口にした。千鶴は、はっとした。工房で、お蓮を斬った侍を匕首で刺そうとしたことを言っているのだ。何て返せばいいだろう、と千鶴は思った。下手人にならずに済んだことへの礼か。いや、それだけではない。直に手を下した奴だけ殺しても、仇討ちにはならない。いつか、こんなことを企んだ奴に落とし前をつけさせる。それがお蓮への供養だ。千鶴が止めたとき、権次郎はそれを悟ったのだろう。

千鶴は言葉を返さず、黙って頷いた。二人を見ていた梅治も、それを察したように小さく頷いた。

銚子は、三本空いた。お腹《なか》も膨れて人心地ついた千鶴は、眠くなってきた。

「おいおい、ここで寝ちゃあ駄目だ。今日中に菊坂まで帰らなきゃならねえんだぜ」

千鶴は、とろんとしかけた目を瞬いた。

「そうか。先は遠いなあ」

ここから菊坂までは、三里（約一二キロ）ほどだ。遠いと言っても、一刻半ほどで着けるだろう。まだ日も高く、そう慌てることはない。

「しかし、まだどうも、しっくりこねえことがあるな」

目覚ましのつもりか、権次郎がそんなことを言った。

「何の話？」

千鶴が目をこすりながら聞いた。

「いやな、数右衛門が高井戸宿の旅籠まで手に入れたのは、工房を守る物見砦《とりで》みたいにするためだろ。それが、いざ八州廻りが踏み込むってときには、役に立たなかったじゃねえか」

「そりゃあ、昨日の晩は数右衛門がいなかったからだろ」

当たり前のように梅治が言う。が、権次郎は得心していない。

「番頭も言ってた通り、奴は毎日ずっと高井戸にいるわけじゃねえ。だったら、何かあったときすぐ動けるよう、旅籠以外にも網を仕掛けてたと思う。江戸でも、奉行所の動きをずっと見てたんじゃねえかな」

ふうん、と梅治の表情も真面目になってきた。

「そう言えば、だ。この企みの大元が明楽飛騨守だとすると、八州廻りが高井戸に出向くのを黙って見てたってのも、今から思えば解せん。敵が多いから周りの目を気にしたんだろうと言っても、奴は勘定奉行なんだぞ。手の打ちようは幾らもあったはずだ」

言われてみれば、その通りだ。千鶴はすっかり目を醒まし、懸命に頭を働かせた。数右衛門は明楽に雇われていたはずだ。証しはないが、まず間違いないだろう。ならば、数右衛門はなぜ工房を守らなかった？　明楽が、高梨や八州廻りの動きにまるで気付かなかった、などということがあるだろうか。もし、わざとだとしたら……。

「千鶴さん、どうした」

あらぬ方角を見つめたまま動かない千鶴を見て、梅治が声をかけた。千鶴はまだ動かない。

「千鶴さん？」

権次郎も呼びかけた。そこで千鶴は、はっと目を見開いた。

「そうか」

千鶴は座り直し、肩に力を入れてから言った。

「手仕舞いよ、これは」


「手仕舞い？」

権次郎は首を傾げた。

「何の手仕舞いだ」

「決まってる。贋金よ。明楽飛騨守は、これが潮時と見極めて、贋金の仕事を終わらせたのよ」

「自分で終わらせたってのか」

権次郎も梅治も、目を丸くした。

「そう。贋金を撒いたのが、吹替えを後押しするためだったとしたら、もう充分役に立ったと見切ったんでしょう。あまりやり過ぎると、勘定奉行である自身の責めを問われかねない。贋金の横行を、どうしてここまで放っておいたのか、ってね」

「そういうことか！」

梅治が膝を打った。

「飛騨守は、数右衛門から俺たちのことを聞いて、始末しようと襲わせた。だがしくじった。こうなると、俺たちの動き次第じゃ尻に火が付きかねない。現に勘定所の高梨さんが、俺たちの手伝いもあって贋金一味に迫り始めた。小原田さんに吹き込んだおかげで、奉行所も近付いて来てる。そこで高梨さんと八州廻りを好きに動くようにさせた。八州廻りが贋金一味をお縄にすりゃ、それは勘定所の手柄ってことになる」

工房を閉じて一味を逃がすこともできたろうが、そうすると老中への手前、八州廻りも奉行所も一味を追い続けなくてはならない。明楽としては、それは困る。だから一味を捕らえさせ、幕引きを図ったのだ。

「そうよ。贋金一味は数右衛門に雇われたけど、数右衛門の正体も、上に誰がいるのかも知らない。捕らえられても、飛騨守が関わってることなんかわかるはずもない」

「それじゃ、あの自害した侍は……」

言いかけて梅治は、権次郎を見た。権次郎は、落ち着いている。

「数右衛門が面倒見てるとはいえ、贋金一味を野放しってわけにもいかなかったんだろう。あの侍は、連中が変なことをしないか、手綱を引くためずっと張り付いてたんだな」

「とすると、飛騨守の手の者か」

「飛騨守の家人か、明楽本家の家来衆じゃないかな。だから捕まりそうになって、身元がばれるのを恐れ、自害した。たぶん、身元に繋がるようなものは、何も身に着けてなかったと思う」

「自分の家来を、承知の上で犠牲にしたのか」

権次郎が憤りを目に浮かべた。千鶴は、違うでしょうと言った。

「梅治と斬り合いになって足止めされなきゃ、逃げていたでしょう。そこは見込み違いだったのね。でも、覚悟はしてたかも」

やるせない話だ、と、実家が宮仕えの梅治が嘆息した。

「じゃあ、十日に一度見回りに来てたって侍も、そうか」

「そいつこそ、飛騨守の直接の家来でしょう。偉そうだったって話だから、用人かもね」

その野郎を捕まえてりゃなあ、と権次郎が口惜しそうに言った。

「さすがに無理でしょう。向こうもそんなドジは踏まないわ」

何てこった、と権次郎が首を振った。

「これで明楽飛驒守は、逃げ切っちまうのか」

「仕方ない。相手は勘定奉行だ」

梅治は、残念とばかりに天井を仰ぐ。

「とにかくこれでもう、贋金が増えることはない。今出回ってるのを奉行所が回収したら、それで終わりだ」

それで良しとするしかない、と梅治は言いたいのだ。権次郎は、それで済ませたくはなさそうだった。

「勘定奉行だろうが何だろうが、いつかきっと落とし前をつけさせてやる」

お蓮のために、とその顔が言っていた。

「でも、待って」

千鶴が言った。

「これって、明楽飛驒守だけのことなの？」

梅治が眉間に皺を寄せた。

「何が言いたいんだ」

「だってね。吹替えは、御上の懐具合を立て直すためにやるんでしょう。それって勘定奉行だけの考えじゃ、できないのよね」

梅治が唸った。

「そうだ。吹替えとなると、天下の大事だ。奉行一人でやることじゃない。駿河屋も言ってたな」

聞いた権次郎が、口をへの字に曲げた。

「じゃあ、誰なんだ」

「……勝手掛老中か、老中首座だ。決めるとしたら、そこだ」

権次郎の眉が吊り上がった。

「そんな上の方か。誰なんだい」

「首座なら松平周防守《すおうのかみ》様だが……もと御家人として言わせてもらえば、そういう細かい企みをするお人ではないいな。良く言えば鷹揚《おうよう》、悪く言えばいい加減だって話だ」

何だいそりゃあ、と権次郎が呆れたように言う。

「他にやりそうな御老中は、いねえのかい」

「うーん、そうだな。周防守様の後を狙ってる、と言われるお人がいる。こっちは相当なやり手だって評判だ」

「何てぇお人だ」

「水野《みずの》越前守《えちぜんのかみ》様だ」

その名は千鶴も耳にしたことがあった。水野越前守忠邦《ただくに》は、確かこの春に本丸老中に上がり、なかなかの実力者と噂されている。町人の間にも聞こえるくらいだから、かなりの人物なのだろう。

「明楽飛騨守は、どっちに付いてるんだ」

「わからん。だが俺なら、勢いのある方に付くだろう」

「てことは、越前様か」

権次郎が腕組みして、決めるように言った。

「越前様だとすると、どうやって……」

「はいはい、もういいわ」

そこで千鶴が手を打ち、話を終わらせた。

「余計な方に話を振って悪かった。ここで勝手に考えだけ巡らせててもしょうがない。もしどちらかの企みだとしても、私たちにはどうしようもないわ。御老中が贋金のことまで承知してたかどうかなんて、逆立ちしてもわかりゃしないんだから。だから、できることをしましょう」

「できること？」

権次郎は首を傾げた。

「何をするんだい」

「贋金を、さっさと終わらせるのよ」

含みのある笑みを浮かべて、千鶴は言った。

二十三

「これは千鶴様。またのお越しをいただきまして、恐れ入ります」

奥座敷で千鶴たちを迎えた駿河屋平右衛門は、大店の主人らしい鷹揚な愛想の良さで挨拶した。だが本音では幾分迷惑そうにしているのを、千鶴は目の動きで見抜いた。まあ平右衛門としては、千鶴と顔を合わせるたび贋金騒動が付いて回るのだから、無理もない。

「何度もお邪魔をいたしまして、申し訳ございません。御迷惑でなければよろしいのですが」

巫女姿の千鶴が典雅な物腰で気遣いを述べると、とんでもないと平右衛門はかぶりを振った。

「ご心配をいただいて、有難く存じます」

聞きようによってはお義理のような礼を言ってから、平右衛門は千鶴が用向きを話すのを待った。千鶴は内緒ごとのように、そうっと言った。

「失礼を承知でお伺いいたしますが、あれから贋金は見つかりましたでしょうか」

やはりそれか、と平右衛門は思ったらしく、ほんの一瞬、顔が強張った。が、すぐにもとの愛想を取り戻して答えた。

「はい。一分金が二枚ばかり。二枚とも、普段から取引のあるお客様がお持ちになり、調べてほしいとおっしゃいました」

「そのお方は、どうして気付かれたのでしょう」

「たまたま、二枚を手にしたとき、重さが常と違うような気がした、とおっしゃるのです。もともと大変に聡《さと》いお方で、一枚なら気付かなかったろうが、二枚合わせると、僅かに違いが感じられたそうで」

余程普段から細かい人なのだろう。十枚、二十枚と集まればともかく、二枚やそこらでは、普通の人ならまず違いに気付けまい。

「それで念のため、仔細《しさい》に重さを量ってみましたら、やはりおかしいとわかりまして。いや誠に、よくお気付きになったものです」

「その贋の一分金は、如何されましたか」

「無論、御奉行所にお届けしました。ですが一枚は、また贋金の疑いがあるものが持ち込まれたときに比べられるよう、お許しを得て手元に置いております」

良かった、と千鶴は思った。それを期待して来たのだ。

「よろしければ、拝見させていただけませぬか」

平右衛門は、急な申し出に「えっ」と眉を上げた。

「千鶴様がご覧になりたいと。それは、しかし」

「決して御迷惑はおかけいたしませぬ。確かめたいことがあるのです」

平右衛門は、それでもまだ迷う風であったが、千鶴なら害はあるまいと考えたようだ。よろしゅうございます、と言って座を立った。

奥へ行った平右衛門は、しばらくして戻った。両手で桐箱を持っている。

「こちらでございます」

平右衛門は桐箱を千鶴の前に置き、恭しく蓋を取った。紫の袱紗に、一分金が一枚。まるで貴重な大判のような扱いだ。脇に控える梅治が苦笑したのが、気配でわかった。

「拝見いたします」

千鶴は桐箱を引き寄せ、少しの間見つめてから、水晶数珠を取り出して手に掛けた。

平右衛門は目を丸くしたが、厳粛さを醸し出す千鶴に気圧されたのか、何も言わなかった。

千鶴は水晶数珠を手にしたまま、じっと贋一分金を睨みつけた。そのまま少しの間、動かずにいる。平右衛門はどうしていいのかわからないらしく、固まっている。

やがて千鶴は、「ああ、やはり」と呟いて、数珠を下ろすと肩の力を抜いた。

「あの……如何されましたか」

何事かとばかりにそわそわした平右衛門が、聞いてきた。千鶴は、わざと躊躇いがちに言った。

「微かな邪気が、感じ取れるのです」

「邪気、でございますか」

平右衛門が驚いたように繰り返した。はい、と千鶴は神妙に頷く。

「これは占いというわけではございませんが、私は人の悪意、邪気のようなものを感じ取ることができます。あくまで感じるだけですので、さしたることではないと存じますが」

「何と、そのようなお力が」

平右衛門は、再び目を見開いた。半信半疑なのだろうが千鶴はゆったりと構えている。実は千鶴が邪気を感じるのは人からであって、物からではないのだが、そこは方便である。

「お恥ずかしゅうございます」

千鶴は頰を赤らめた。それが功を奏し、平右衛門は少しでも疑ったのを恥じるように、慌てて頭を下げた。

「ご、ご無礼いたしました。それではその、この贋金は邪気があるのですな。いや、悪事の産み出したものですから、当然かと」

「それが、ごく微かなものなのです。よくよく気を集めてみまするに、そのお金の、右隅の方から感じられます」

一分金は縦長の四角形で、表には上半分に扇形で囲った桐紋、真ん中に漢字で「一分」、下半分に枠のない桐紋が、裏には花押様の「光次」の文字がそれぞれ打たれている。表も裏も、周囲には小さな丸い突起がずらりと並んでいた。一朱は真四角で、表の扇形の桐紋はないが、後はほぼ同様だ。無論、含まれている金は、本物であっても一分よりはるかに少ない。

千鶴は平右衛門に断って贋一分金の表を検めてから、裏返して右下を指した。

「この辺り、少しおかしくはございませんか」

ええっと平右衛門が顔を寄せ、目を凝らす。

「この丸い突起の、下から二番目と三番目の間です」

縦長のへりに沿った突起は、十六個数えられた。本物の一分金も、どれも寸分違わず均一というわけではなく、突起も歪んでいたり消えていたりするものだが、千鶴が指した突起の間には、妙な傷があった。余程目を凝らさねば見づらいが、刃先で抉ったような傷だった。普通はあまり見られない。

「これが何か」

平右衛門は怪訝な顔で聞いた。使われていれば、傷ぐらい付くだろうと言いたげだ。

からだろう。

だがそれでも得心したように見えないのは、そういう形の傷を今まで見たことがない

「邪気は、その傷から出ているように思えます」

「は？　それはどういうことでしょう」

「もしや、それが贋金の印、ということはないでしょうか」

「何と、この傷が、でございますか」

平右衛門はしばし呆然とした。が、すぐ気を取り直し、贋一分金を取り上げると仔細に調べ始めた。その顔には、手慣れた両替商の自負のようなものが表れていた。

平右衛門は再び座を立ち、虫眼鏡と、手文庫から出してきた本物らしい別の一分金を持って来ると、掌に二枚を載せて虫眼鏡で丁寧に検めた。

息を詰めて少しの間待っていると、平右衛門がほうっと息を吐き、虫眼鏡を畳に置いた。

「おっしゃる通りかもしれません。使っているうちに付いた傷ではありませんな」

それから首を傾げつつ言う。

「鋳型に不具合でもあったのでしょうかな」

「さあ、それは」

返答を避ける千鶴に代わり、梅治が進み出て、一礼してから言った。

「贋金造りとて、出来上がりには気を遣い、きちんと検めたでしょう。鋳型の不具合であれば、気付かぬことはないかと。わざと傷を残した、と考える方が理に適《かな》います」

「なぜ、そんなことを」

梅治の方に顔を向けた平右衛門が、眉をひそめる。梅治は続けた。

「贋金造りたち自身も、本物と見分けがつかぬでは不都合でしょう。重さでわかるとはいえ、僅かな差をいちいち量るのは面倒です。知っている者だけが一目でわかるような工夫かと思います」

平右衛門は、贋一分金に目を落として、うーむと唸った。

「なるほど。知らぬ者が傷に気付いても、まさか真贋を区別する印だなどとは思いますまい。うまく考えたものです」

平右衛門は感心しながらも、なお油断ない目付きをしていた。

「しかしながら、これ一枚では何とも。何枚か贋金を集めて同じ傷が見つかれば、まさしくおっしゃる通りなのでしょうが」

ごもっともでございます、と千鶴は認めた。

「御奉行所には、千鶴様からお話しなさいますか」

「いいえ。邪気を感じたなどというお話をしても、なかなかお信じいただけないでしょう。老舗の両替商でいらっしゃる駿河屋様なら、いろいろお知恵もおありかと」

「左様でございますか。ご信用いただき、ありがとうございます」

持ち上げられた平右衛門は、たっぷりの笑みを返した。

「承知いたしました。このお話、手前がお預かりさせていただきます。よくぞお知らせいただきました」

「何卒よしなにお願い申し上げます」

千鶴は畳に手をつき、私のことはご内聞に、と言い置いた。平右衛門は、心得てございます、と応じた。


日を置かず、巷に流れ出した噂が千鶴たちの耳にも入った。権次郎が詳しく聞いて、夕餉のときにそれを披露した。

「駿河屋で贋金をすぐに見分けてくれるって、あちこちで言われてるようだ」

やっぱりそうなったのね、と千鶴は満足して頷く。

「私たちが傷の話をしてから、知り合いに声をかけて贋金らしいものを集めたんでしょう。それであの傷のあるのが贋金に間違いないとわかったから、取引のある客に、見分けてやるって話をしたに違いないわ」

「ああ、そんなところらしい。駿河屋には真贋を見分けてほしいって客が引きも切らずだ。これで信用も増したんで、取引相手もどんどん増えてるって話だぜ」

「商売繁盛ってわけね。こっちの描いた絵の通り」

千鶴は箸を持ったまま、手を叩いた。

「うちの占いに従って家移りしたおかげで、贋金騒動に巻き込まれてえらい目に遭った、なんて他所で話されちゃたまんないからね。そのおかげで最後は大儲けできた、さすが千鶴様の占いはすごい、ってことになってもらわなきゃ」

含み笑いをしながら、千鶴は言う。

「災い転じて福となす、って奴よ」

「まったく、うまく仕込んだもんだぜ」

権次郎が感心と呆れが混じったように言う。

「こっちは、佐平から聞いた通りに言っただけなのにな」

贋金に傷がつけられていることは、工房から助け出したときに佐平から聞いていた。しかし、千鶴たちの手元には贋金がなかったので確かめられず、一計を案じて駿河屋を訪ね、一芝居打ったのである。

「駿河屋は、まだ奉行所にこのことを言ってないのか」

梅治が聞いた。そのようだ、と権次郎は答える。

「大儲けのネタなんだ。あっさりとは言わねえだろう。その辺も、こっちが睨んだ通りだな」

「それに、あたしから聞いたなんて言っても、奉行所は取り合わないでしょう。小原田さんを除いては、ね」

違えねえ、と権次郎が笑った。

「まあそれでも、いつまでもこのままってわけに行くめえから、機を見て、贋金を調べるうちに自分で気が付いたとか何とか、奉行所に話すだろうがな」

「だが、勘定所の方はどうしたんだ。繁辰や他の職人は捕らえたんだから、連中が傷のことをとっくに吐いてるだろうに」

梅治が疑念を口にした。これには千鶴が答えた。

「明楽飛驒守としては、できるだけ長く贋金が流れていた方が、吹替えを進めるのに都合がいいでしょう。繁辰たちが傷のことを白状しても、よく確かめないといけないとか、手続きがどうのとか、回収する方法がどうとか、理由を付けて表沙汰にするのを遅らせてるんじゃないかと思う」

「ふうん。わからなくはないな」

梅治が曖昧に言った。

「千鶴さん、そこまで読んでたのか」

「まあ正直、五分五分だと思ったけど。でも今の成り行きを見れば、だいたい当たってたんじゃないかな」

「やれやれ、恐れ入ったよ」

梅治は、笑いながら飯をかき込んだ。

「ところでその、佐平さんとかいう人は、どうなったんだい」

話の切れ目に、おりくが聞いた。それには権次郎が答えた。

「上州へ向かったと思うぜ。あっちには、お夏さんの親戚がいるはずだ。甲州街道を八王子まで行って、高崎《たかさき》に向かう道に入れば、大きな関所も通らずに済むんじゃねえか」

「そっちで二人で、百姓仕事でもするのかねえ」

「佐平は手に職がある。金細工はともかく、小間物なんぞは作れるだろうから、食うには困らねえだろう。それほど心配しなくても大丈夫だと思うぜ」

「けど、八州廻りに追いかけられないのかい。一応は、贋金に関わったんだからさ」

「佐平以外はみんな捕らえたんだ。一番下っ端の職人をどこまでも追って行くほど、八州廻りも暇じゃなかろう」

だといいけどね、とおりくは言った。おりくとしては、若い二人の行く末が一番気になるようだ。

「やれやれ、それにしても」

梅治が、箸を止めて嘆息した。

「これだけ手間をかけた割には、大した金儲けにはならなかったな」

「まあ……そうだな」

権次郎も、首を傾げつつ頷いた。

「儲かるどころか、あいつらに襲われて瑠璃堂の修繕代までかかっちまった。駿河屋からはまた礼金を貰えるだろうが、下手すりゃ赤字になってるところだ」

千鶴たちの目指すのは、潰された店の再興だ。そのために瑠璃堂を立ち上げたのである。儲けが出なくては、何のための占い商売かわからない。

「降りかかった火の粉とはいえ、ちょいと入れ込み過ぎたかな」

梅治は反省するように言ってから、はっとして権次郎を見た。千鶴も一瞬、眉をひそめた。権次郎にとっては、仇討ちだったのだ。入れ込み過ぎなどと言われたら、辛いだろう。

「ま、入れ込み過ぎってほどでもねえだろう。赤字は困るけどな」

こちらの気遣いを察してか、権次郎は笑って言った。千鶴もほっとして頬を緩めた。

「別に、いいんじゃない」

その言葉を聞いて、梅治は「おや」と眉を上げた。

「いいのかい千鶴さん、儲からなくても」

「そりゃ、有難くはないけど。でもまあ、今回は人助けにはなったし、江戸の人たちのためにもなったわけだから。たまには、そういうこともあっていいかな、って」

梅治と権次郎は、顔を見合わせて何か言いかけた。が、そこでいきなりおりくが言った。

「そうだよ。いいじゃないか、それで」

三人は、一斉におりくの方を向いた。おりくは、したり顔で続ける。

「金儲けもする。たまに人も助ける。そんな瑠璃堂で、いいじゃないか。あたしは好きだよ、そういうの」

梅治は一瞬ぽかんとしたが、すぐに破顔した。

「ははっ、おりくさんの言う通りだ。そうだろ、権さん」

話を振られた権次郎は、苦笑のような笑みを顔一杯に浮かべた。

「ま、悪くはねえな」

千鶴は澄まし顔を作り、黙って肩を竦めた。

「よし、それじゃ、祝杯でも上げるかね」

おりくは空になったおひつを持って立ち、厨へ行った。いつになく気が利くじゃねえか、とその背に向かって権次郎が言った。

おりくが出ていくと、権次郎は真顔に戻った。

「人助けはいいとして、一つ気がかりと言うか、心残りがあるんだが」

「わかってる。数右衛門のことね」

千鶴も顔を引き締めて、言った。結局数右衛門は、あれ以来見つかっていない。高井戸宿の旅籠にも現れず、番頭たち奉公人は困りながらも、自分たちだけで旅籠を続けているという。奴が高井戸に来ることは二度とないだろう、と権次郎は言った。

「素性もそうだが、未《いま》だに本名さえわからねえしな。奴がもとは明楽飛驒守の配下の御庭番だったのか、それも確かめようがねえ」

権次郎が溜息と共に零した。

「そうだな。しかしまあ、贋金の味についちゃ、潰すことができたんだ。今はそれで良しとするしかないだろう」

梅治が言った。だが権次郎は不満そうだ。

「吹替えはどうなる。贋金を片付けても、吹替えが行われるなら、奴らの企みは成就することになるんだぜ」

「それはそうだが……」

梅治は、考え込みながら続けた。

「もしもだ。今の御老中首座の松平周防守様が吹替えに反対で、水野越前守様がそれを進めたがってるなら、勝った方の言い分が通るんじゃないか。贋金は吹替えの後押しにはなるだろうが、どのみち最後は御老中の力次第で決まるんじゃないのかな」

「何だ梅治、妙に悟ったように言うじゃねえか」

「いや、まあそれは……」

「上等じゃない」

千鶴が、ぴしゃりと言った。

「御公儀の上の方が何を考えてるかなんて、わかりゃしない。でももし、今度みたいな変な企みで酷い目に遭う人が出るなら、喧嘩すればいい。それだけのことよ」

「それが人助けってわけかい」

権次郎は、ニヤリとした。

「儲けが出るんなら、ね」

千鶴もニヤリと笑みを返した。

「そうだな。そう割り切っちまえばいい」

梅治も、腹を括ったように笑った。

「そういうこと。でも、あの数右衛門」

千鶴が口に出すと、梅治も権次郎も、はっとしたように千鶴を見た。

「あいつとは、また会いそうな気がするわ」

千鶴は唇を引き結ぶと、そこに数右衛門がいるかのように、閉じた雨戸の向こうを睨みつけた。それに応えるように、木枯らしが雨戸をかたんと揺らした。

―――本書のプロフィール―――

本書は、小学館文庫のために書き下ろされた作品です。

小学館文庫

まやかしうらない処《どころ》
災《わざわ》い転《てん》じて福《ふく》となせ

著者　山本巧次《やまもとこうじ》

二〇二二年十月十一日　初版第一刷発行

発行人　石川和男
発行所　株式会社　小学館
〒一〇一-八〇〇一
東京都千代田区一ツ橋二-三-一
電話　編集〇三-三二三〇-五九五九
販売〇三-五二八一-三五五五
印刷所――中央精版印刷株式会社

この文庫の詳しい内容はインターネットで24時間ご覧になれます。
小学館公式ホームページ　https://www.shogakukan.co.jp

ISBN978-4-09-407189-4